1960년대, 해남에서 출발한 이야기가
세계의 수도 워싱턴까지 이어진다!

선은산과 관두봉 사이

강창구 지음

도서출판
소리울원

묘목을 가꾸는 마음으로 풀어낸 이야기

추수가 끝나고 텅 빈 논바닥에 나뒹구는 지푸라기를 보면서 그 푸르렀던 여름날의 기억을 떠올려 봅니다. 나락을 베어낸 뒤에 이를 묶고 볏단을 만들고 탈곡을 한 다음에도 인연들은 질기게 흩어졌다가 이어지기를 반복합니다.

몇몇은 스크럼을 짜서 지붕으로 올라가 겨우내 따뜻함을 주고, 다른 몇은 식량 보관을 위한 쌀가마니를 만드는데 가마니틀의 씨줄과 날줄이 되기도 합니다. 그런가 하면 자라난 논밭을 위해 땀 흘리는 황소의 쇠죽으로 자신을 아낌없이 산화해 버립니다. 그리고도 또 태 자리에 남아 후대를 위해 기꺼이 거름으로 묻히는 걸 두려워 않습니다.

책을 낼 때마다 두 가지 고민을 하게 됩니다. 과연 몇 분이나 이걸 읽을까? 그런 걸 왜 계속하려고 하는가?

금붕어의 집중 시간은 9초라는 연구가 있습니다. 사람의 그것은 최근 10년 동안 12초에서 8초로 단축되었다고 합니다. 8초 만에 읽을 분량은 대략 140자 안팎이고요. 그래서 페이스북, 트윗의 글자 수도 그것에 맞추지 않으면 과감하게 시선을 바꿔 버리지요.

세상은 8초의 전쟁인 셈입니다. 그런데 아무도 읽지 않을 이 뭉툭한 책을 만들고 있는 나는 바보인가 봅니다. 당장 숯이 필요하거늘 묘목을 심고 있다는 생각을 금할 수가 없습니다.

이 책에 나오는 배경과 인물, 사건들은 다큐에 가깝다고 생각하시면 됩니다. 필자의 제한된 기억과 공간에서 나온, 그러나 그 시절 누구나 경험했음 직한 1960년대가 시대적 배경입니다. 무대는 전남 해남 화산면이 출발점입니다. 그게 나중에는 세계의 수도라고 하는 워싱턴DC까지 이어집니다. 마치 못자리에서 시작한 생명들이 사방팔방으로 뻗어 나가듯이 말입니다.

워싱턴에서 만난 고향 선배, 그리고 거의 60년 만에 만난 초등학교 동창 모임에서 이야기는 시작합니다.

2026년 초봄에
워싱턴에서
강창구

목차

제1부
울고 웃는 참새미재

50년 만에 들어 본 그리운 이름

2002년 11월 쌀쌀했던 초겨울의 사당동은 옷깃을 있는 대로 끌어 올려도 추웠다. 며칠 후에 나는 고향, 서울, 한국을 등지고 미국으로 출국하기로 되어 있었다. 그 며칠 전에 윤영일이 자기의 은마아파트로 우리 부부와 박성수 내외를 초대하여 석별의 아쉬움을 달랬다.

서로 바쁜 서울 생활, 2000년 IMF 칼바람에도 용케 본사 부장으로 승진발령을 받아 올라왔지만, 그것도 잠시, 새로 부임한 경영진에게 손오공처럼 손발을 맞출 줄 몰랐던 시골 촌놈은 급전직하로 내몰리기 시작했다.

세상을 다 아는 것처럼 당당하게 건방을 떨던 나는 느닷없는 이런 당황스러운 상황이 황당하고 억울하고 기가 막혔다. 그때마다 서울 생활에 다소라도 위로가 되어주고 마음에 위안을 줬던 친구가 당시 교보생명 지점장을 하고 있던 송산리 박성수다. 그와는 초등학교 때부터 여러 가지 유사 환경에 키도 비슷하여 가까이 지내온 동창 중에서는 가장 친한 친구다.

내가 승진하여 광주에서 서울로 올라온다는 말을 듣더니 여러 말 말고 일산으로 오라고 해서 전셋집도 자기가 일산 마두동

한신아파트로 손수 잡아주었다. 대화동에 사는 그의 집과는 서로 가까우니 자연스럽게 가족끼리 왕래해서 자녀들까지도 잘 어울렸다. 골프도 하고, 퇴근 후에 소맥 잔을 기울이면서 업계 동향도 서로 부담 없이 나누고 직장 내에서 이루어지는 숱한 이야기를 술에 타 마시며 편안한 시간을 보냈다. 지금도 여전히 한국에 나가면 가장 먼저 찾는 사람 중 하나다. 나의 기막힌 직장 말년을 가족들보다도 더 자세히 지켜봤던 친구다.

고향에 살 때까지는 윤영일과도 이웃 마을이고 영일의 가까운 친척(종록)이 우리 마을에 살고 있어서 왕래가 잦았고 부모님들과도 서로 조그만 것들을 주고받고 하는 사이다 보니 가족들도 서로 알고 그래서 물리적으로는 나와 더 가깝다고 생각했는데 윤영일이 행정고시에 합격하고 나니 어울리는 레벨이 다르다고 지레짐작하고 마음은 있으나 연락도 못 하고 살아왔다. 더군다나 영일은 서울에 살고 나는 학교 졸업 후에 계속 광주에 머물다 보니 자연스럽지 못한 상태였다.

그런데 성수는 달랐다. 그동안 관계가 지속되었나 보더라. 스스럼이 없었다. 성수가 자연스럽게 윤영일을 다시 연결해 주었고 더불어 탄동의 채수준(해사, 해군대령 예편)과도 중학교 졸업 후 처음으로 만나서 평택의 기지 내 골프도 몇 차례 가졌다. 또한 당시 기업은행에 다니던 연정리 김창식(골프장 운영)도 몇 차례 어울렸다. 해남 시골 친구들이지만, 참 대단한 친구들이다.

워낙 짧은 서울 생활 또한 내 직장이 심하게 요동치는 와중이어서 40여 명의 중학교 모임이 있다고는 하는데 같은 마을의 영구 형을 제외하면 딱히 만날 기회조차 없이 미국으로 출국해야만 했던 것이다. 윤영일의 주선과 박성수의 협력으로 부랴부랴 연락해서 번개 송별회를 사당동에서 가진 것이다. 이경욱, 강영구, 오혜숙, 김상순, 채수준 등 7~8명이 송별 회식을 열어주었다.

그리고 훌쩍 10여 년이 흘러버렸다. 미국에 와서 톡으로만 연락을 해오던 터에 뒤늦게나마 박성수가 나를 47명이 있는 카톡방에 초대를 해줬다. 그때가 2017년쯤이었다고 기억한다. 아주 아주 반가운 이름들이 보였다. 깨복쟁이 친구들, 그동안 안부가 궁금했던 동창들, 예쁜 여학생, 에피소드가 많았던 여학생들, 꿈 많던 시절 그 꿈을 나누었던 정다움에 며칠간 흥분을 감출수가 없었다.

생각나는 대로 매일매일 한 꼭지씩 이것저것 써 올리기 시작했다. 한번 쓰기 시작하니 50년간 쌓았던 둑이 무너진 듯 한꺼번에 이 얘기 저 사연들이 쏟아졌다. 써 내려 가다 보니 동창이야기는 물론이고 동네 이야기, 학교 이야기, 가족들 이야기, 선생님들 이야기 등 소재가 널려있어서 가리지 않고 백화점같이 늘어놓았다. 금방 카톡방이 뜨거워졌다.

2022년 귀국 후 동창들과 산행 후 가진 응암동 후식 자리. 필자의 건너편이 윤영일 의원이다.

동창방에 올린 글들을 우리 가족방에도 올렸더니 각각 자기네들 동창방에도 퍼 나르고 사촌들에게도 올리니 모 잡지사를 하는 분이 연결을 하고 싶다고 그래서 나중에 생각해 보겠다고 정중하게 사양했다. 그게 돌고 돌아서 다시 내가 썼던 글이 6개월이 지나자 다시 내게로 되돌아오는 경우까지 생겼다.

그런 일이 있는 지 8년이 지났다. 2025년 8월 5일 아침에 내게 뜻하지 않게 뇌졸중(Small Stroke)이 왔다. 몹시 당황했다. 이러다 갑자기 인생이 끝난다고 생각하니 마음이 조급해지기 시작했다. 뭔가 정리가 필요하다고 느꼈다. 또 바깥 활동이 갑자기 줄어드니 집안에서만 멍하니 앉아 있기도 좀 그랬다. 초기 위험시기가 지났지만 6개월이 지난 현재도 정상적인 일상이 힘들다.

그래서 손가락 근육 재활 운동을 겸해서 컴퓨터 자판기를 두드려 본다. 연습 삼아 병상일지 또는 재활일지라는 걸 써 보기로 했다. 써 내려 가던 중에 동창 카톡방에 올렸던 글들이 생각났다. 기독교에서는 죽음을 본향(本鄕)이라고 표현한다. 죽을 고비를 지나고 보니 세상이 달리 보였다.

그동안 마구 써났던 글들을 모아보기로 했지만, 몸 상태도 예전 같지 않고 이미 삭제된 글들도 많고 여기저기 흩어져 버려서 모으기가 쉽지 않았다. 아쉬운 대로 남아있는 글들을 이렇게 묶어 본다.

참새미재를 너머

요 며칠 전 박현수 친구가 '삼세미재와 붕어주막'에 대한 이야기를 잠깐 언급하길래, 본능적인 호기심이 발동한다. 흔히 소설의 3요소를 사건, 인물, 배경이라고 한다. 붕어주막을 배경으로 하는 전설 같은 이야기는 밤샐 줄 모르고 쏟아져 내릴듯하다.

요즈음엔 잠깐의 몇 줄에도 눈이 피로해지고, 두 줄을 넘어가면 그냥 지나쳐버리는 세상이다. 금붕어의 집중 시간은 9초라는 연구가 있다. 지난 10년간 인간의 집중 시간은 12초에서 8초로 줄었다고 한다. 이 책을 모두 읽는 사람이 만약 한 분이라도 있다면 마음속으로 존경심을 보내고 싶다.

140자 트윗의 세상이요, 100자 페이스북에 어느새 익숙해져 버렸다. 보통 단편소설은 원고지 70장 내외다. 100매가 넘어가면 중편, 장편으로 분류하고, 그다음은 '대하소설'이라고 이름붙이는데 소설의 줄거리가 강물 줄기처럼 모여서 큰 바다에 이르기에 붙는 의미일 것이다.

그런데 소설이라고 하면 쳐다보지도 않고 덮어버린다. 그래서 재미와 개연성, 반전을 마구 섞어 버무려서 문장이 끝나기 전에 덮어버리지 않도록 홍어가 콧속을 태풍처럼 후비고 지나 가듯이, 삭은 갓김치의 알싸한 맛이 콧잔등을 타고 뒤 꼭지 가 마끝에까지 치밀어 올리는 듯한 얕은 잔기술들이 난무한다. 소설이나 드라마가 막장으로 내 달려야 하는 이유가 되기도 한다.

어쨌거나 47명 사랑스러운 독자들과의 대화는 그런 부담은 일단 없기는 한데, 혹 과민한 부분이 있더래도 '쟁이의 구라' 정 도로 넘어가 주면 참 고맙겠다. 그래서 말인데, 내가 만약 그 옛 날로 되돌아간다면, 붕어주막 주인이 되고 싶다는 생각이 불끈 하다. 술 동무, 이야기 동무, 노래 동무, 글동무들과 술 이야기, 노래 이야기, 글 이야기로 여한이 없을 딱 그곳이 바로 참새미 고개 너머 붕어주막이다.

바로 선은산이 올려다 보이고, 반걸음이면 마명리 장터 안에 화산주조장(서병구, 전남대 1년 선배 집)에 닿을 수 있고, 마명 리 장터로 팔려 가는 솔평리, 평발리 해물 안줏거리들이 가다가 잠깐 머물기도 하는 곳이며, 더우면 은산리 팽나무 그늘에서 북 장단에 마춰 '사철가' 한자락을 길게 뽑아 던지고, 지구 지킴이 (환경운동가)가 되어 돌아다니는 송산리 임낙평이 불러세워 '화 산부터 좀 지키자' 하고 싶다.

삼세미재, 참세미재, 삼새미재, 참새미재…. 시험문제 풀이도 아니고 해서 부근에 사는 몇몇에게 그 고개 이름을 긴급 문의를 했더니, '참새미재'라는 것이 통설일 듯하다. 미리 말씀드리지만, 나중에 틀렸더라도 제 잘못(?)이 아니다.

참새미재의 실경은 아니다. /강영구 작가 제공

뜻으로만 해설한다면 석전리에서 바라다보면 마치 고개 경사가 참새꼬리(尾: 꼬리 미)처럼 보여서 그랬다고 할 수도 있고, 고개 오른편 언덕 아래에 지금은 흔적만 남아있는 우물(샘)이 진짜(참)로 맛이 있어서 '참샘', 거기다 고개를 연음으로 잇다 보니 '참새미'가 되었을 수도 있겠다.

어쨌거나 중학교 2학년 때로 기억한다. 왜 무슨 생각이었는지 체육대회 날 느닷없이 '전교생 마라톤 대회'가 있었다. 여학생도 함께 뛰었는지는 기억이 없다. 좌우지간 '마라톤하면 손기정, 손기정 하면 마라톤' 밖에 개념이 없던 우리들은 별 준비도 없이 연정리 학교 정문을 박차고 뛰쳐나갔다.

생전 처음 뛰어보는 장거리 달리기, walking(걷기), jogging(느리게 달리기), running(달리기), race(경주) 달리는 것도 크게 4가지로 분류한다. 세분하면 더 많아지는데 필요 없이 길어지기 때문에 여기서는 줄인다.

반환점이 어딘지도 모르고 학교 앞 연정리 삼거리 이발소 커브를 나오니 선두는 벌써 마명리와 연정리 중간에 있는 다리 위를 지나고 있다. 학교 근동에 사는 친구들을 제하면 대부분이 산 넘고 물 건너 10여리 20리 길을 매일 걸어서 등하교하고, 집에 가서도 집안일들을 돌봐 왔기 때문에 주력들은 대단들 하다. 마명리 본정통을 우루루, 후두둑 떼를 지어 내달리니 가게에서 일하다 말고 박수를 보낸다. 생전 처음이다. 숨이 차고 가쁘다.

길은 마음속 핏줄

　농촌지도소 앞을 지나고 중앙교회(성당)를 지나 석전리 입구 쯤에 다다르니 비스듬한 언덕길이 어슴푸레하게 보이기 시작한다. 그 고개가 참새미 고개다. 직선로를 달릴 때는 안 보이던 선두가 경사를 달리하는 고갯길에서는 확연하게 보였다. 어디까지 계속 달려가야 할까.

　여기까지만 해도 숨이 차서 도저히 더 뛸 수가 없다. 학교길에 잠깐 뛰다가 걷다가 하는 것과는 비교도 못 하겠다. 100미터 달리기는 가끔 한다. 그리고 공을 찬다고 한 시간 내내 뛰기도 했지만 이렇지는 않았다. 학교에서 보자면 가을걷이가 끝난 휑한 들녘 건너편으로 보이는 손에 잡힐 듯한 곳이요, 외갓집 가는 길에 어머니와 동동거리고 올랐던 이 고개가 쳐다보기조차도 힘들다. 잠깐 서서 뒤돌아보니 내 앞보다 훨씬 긴 뒷줄이 마명리까지 이어져 있다. 포기하지 않고 고개가 시작되는 곳에 이르니 벌써 선두가 반환점을 돌아서 왔던 길을 되돌아가고 있다. 부럽다고 해야 하나, 힘이 빠진다고 해야 하나.

　마라톤, 황영조, 이봉주, 보스턴…. 마라톤에 관한 연관 보통 명사도 다양해졌다. 미국으로 이민 간다고 가족, 친구, 직장동

료들과 작별하는 자리가 몇 번 있었다. 무슨 대단한 벼슬하러 가는 것도 아니요, 미래가 어떻게 될지, 어디에서 뭘 해 먹고 살지를 정해 놓지도 않고 무작정 나이 47에 달랑 여행 가방(이민 가방) 하나씩만 들고 떠날 거면서 요란법석 떠는 것도 이상해서 이민 짐도 이민 떠난다는 말수도 줄이고 줄여버렸다.

2015년 가을, 볼티모어 마라톤에서 3시간 30에 완주했다. 생애 최고 기록이자 이 기록으로 2017년 보스턴 마라톤에 참가할 수 있었다. 시간이 남아야 마라톤을 하는게 아니라 마라톤으로 힘을 얻어 인생을 사는 것이다.

이민 간 지 3년이 넘어서야 뒤늦게 이민 간 사실을 알게 된 친구들도 있었으니까…. 몇몇이 서운하다고 모인 그런 자리에서 할 말이 특별하게 없어서 툭 내뱉듯이 '나 보스턴 마라톤에 출전하기 위해 미국에 간다'고 했다. 누가 물어보지도 않는 말을 어금니 물어가며 짧게 했다. 이 무슨 뚱딴지같은 소리인가.

2016년 4월, 하버드, MIT가 있는 유서 깊은 교육도시 보스턴에 마라톤을 위해 출발선에 섰다. 1947년 서윤복, 1951년 함기용, 2001년 이봉주가 우승 기록을 갖고 있는 세계 3대 마라톤 대회다. 아, 꿈에 그리던 보스턴 마라톤이다. 그 산중턱 출발선에 가보니 희한하게도 한국교회가 하나 있었다. 누가 만들어 놨는지 이봉주 우승 기념 표지석도 보였다. 미 전역과 세계 각국에서 모인 3만여 명의 선수들이 잘 달리는 각자의 능력순서에 따라 미리 나뉜 1,000명씩 1분 간격으로 출발한다.

보스턴 마라톤 참가를 위해서는 사전에 능력을 선별한다. 아무나 참석시키지 않는다. '55~59세 남자'의 경우에는 풀코스 마라톤(42.195km, 26.2mile)을 최소한 3시간 40분 이내에 주파해야 하고, 그중에서 2,000명 이내에 들어야 출전할 수 있다. 보통 3시간 35분 이내의 기록을 제출해야 겨우 참가 자격을 준다. 이민 가기 전 나와의 약속을 지켜냈다. 마라톤하러 간 것은 아니지만 말이다.

요즈음 은퇴하고 정신적으로 힘들어하는 주변에 마라톤을 하자고 하면 빤히 쳐다본다. '너나 많이 해라'는 식이다. 행복해서 웃는 게 아니라, 웃으니까 행복해지는 이치와 거의 같다. 힘들 때 마라톤을 했다. 한국에서도 이민 오기 전 직장생활의 끝물인 2000년부터 시작했다. 풀코스 3번과 하프마라톤 8번을 하고 미국에 건너간 뒤로 한동안 못했다. 그럴 정신이 하나도 없었다. 2008년 미국식 IMF에 폭삭 망하다시피 한 뒤로 앞이 깜깜해서 다시 시작한 것이 마라톤이었다. 그때마다 '참새미재'가 생각났다.

　그래 '잔등'이라고 했다. 고개라는 말보다 더 찐득한 느낌이 든다. 화산에도 크고 작은 잔등들이 많다. 아시다시피 화산의 도로는 마명리를 중심으로 부챗살처럼 도로가 퍼져나간다. 마명리와 해창을 잇는 국도와 현산면 구시리를 잇는 국도를 부채의 양단이라고 하면 명금리가 첫 번째 가닥이다. 그 가느다란 구부러지고 옹이진 곳에 잔등과 모퉁이들이 있다.

　신풍리, 연곡, 봉저리가 연화제 원둑을 타고 가다가 신풍리로 갈리고 '보리밭굴 잔등'에서 연곡과 봉저리가 갈린다. 연정리로 향하는 부챗살은 제법 굵다. 월호리로 꺾어지는가 싶을때 호동, 용덕리, 율동이 중간 가닥으로 나뉘고, 이어지는 길은 이춘택, 김경영의 호동을 지나서 공동묘지 잔등에서 율동과 용덕리가 갈린다.

때로는 신작로였다가 굽돌이에서는 산길이다. 넓은가 싶다가도 좁고, 내리막인가 하면 오르막도 있다. 작은 잔등도 있고 큰 잔등도 있다. 참새미 고개도 참새미잔등이라고도 불렀을 듯하다. 그런 잔등과 모퉁이에는 꼭 처녀묏동, 총각무덤이 있다. 대낮인데도 혼자 지날 때는 어린 마음에 성가시러웠다. 하필이면 왜 그곳에 그랬을까, 그때는 몰랐었다. 눈에 넣어도 아프지 않을 생때같은 자식을 잃은 부모들이 세상살이마저 제대로 못다한 성성한 어린 넋들을 사후에라도 친구와 벗들 다니는 길목에 놓아두고 싶은 마음이 어련하였을까 하는 생각은 꿈에서도 할 수가 없었다.

/강영구 작가 제공

월호리를 지나면 삼거리가 빤히 보이는 곳에서 오른 모퉁이로 돌아가면 재동리가 나온다. 재동을 길옆에 떨어트려 놓고서 가좌리 고갯길 끄트머리쯤에서 무학리는 왼쪽으로 방향을 트는데 그 중간쯤에 서교가 자리 잡고 있다. 다시 월호리로 나와서 삼거리에서 왼쪽으로 난 모퉁이를 돌면 건너편에 '울려고 내가 왔나' 선창리가 빼꼼하게 내밀고 있고, 선창리 앞길을 지나서도 관동은 또 한참 멀다.

　뒷면 8개 마을이 크고 작은 간선도로가 실핏줄처럼 갈라져 있다면, 1개 도로 양옆으로 산재해 있는 앞면으로 가는 길은 명실공히 화산의 1번 도로다. 마명리부터 송평리까지 1자로 뻗는 도로는 단일도로로써 압권이고 대동맥이다. 이곳의 관문이 바로 '참새미재'인 것이다. 영종도 인천공항은 남북이 막혀있는 섬나라 한국이 세계로 향하는 관문이듯이 송평리에서 출발은 작고 미약하였으나 평발리, 사포리가 합해질 즈음에 대지리가 오른쪽에서 합류하고, 흑석리는 왼쪽에서 끼어든다.

　점점 커진 '장꾼' 행렬이 시목리 모퉁이를 돌아서자마자 주천리와 시목리가 쏟아져 들어오고, 안정리, 중정리는 도보로 올 때는 서재 넘어서 송산리로 들어온 뒤에 송산리 분들과 섞여서 큰 대열을 이룬다. 아홉 개 부락이 하나로 뭉쳐진 지점이 송산리 모퉁이다. 거기에서 멀지 않은 곳에 붕어주막이 있다.

세상을 열고 닫던 고갯마루

저 건너 보이는 붕어주막을 지나면 오른쪽에서는 탄동을 출발하여 은산리를 지나 붕어주막 앞에서 하나가 되고, 갑길에서 부길리와 합해진 장꾼들도 붕어주막에서 합류가 되니, 화산 마명리 5일 장날 아침이면 학생들조차 장꾼까지 참새미재를 넘는 사람들은 그야말로 장사진이다. 참새미재에 다다르면 마명리가 보이고, '세상이 열린다.'

참새미재가 지닌 지리적 위치의 중량감은 상당하다. 석전리나 마명리 분들이 바라다보는 참새미 잔등과 그 너머에서 사는 분들이 생각하는 참새미재와는 그 느낌이 사뭇 다르다는 것이다. 참새미재는 세상을 만나러 나가는 길이요, 세상에서 돌아오는 길이기도 하다. 석전리 분들은 참새미재 너머를 특별하게 생각해 볼 필요를 별로 못 느끼는 것이 당연하다. 그것은 시목리 모퉁이 너머 세상에는 관심이 없을 송산리 분들도 마찬가지다.

그러나 그 흑석리까지 나오는데도 한참을 걸어야 했을 송평리(솔팽이) 분들은 어땠었을까, 하물며 삼마리(상마, 중마, 하마)는 말을 더해 무엇하랴. 그런데도 불구하고 사는 마을에서 태어나 사는 집이 최고였다. 왜 그런 마을에서 태어났을까를 자책해 보거나 부모님 탓을 해본 적이 꿈에서도 없다. 그걸 우리는 숙명이라고 하고 받아들였다. 아니 그 자체를 인식할 필요조차 모르고 오늘에 이르렀다. 사랑하고 그립지 않는가 그대, 고향 마을, 고향집들이….

그 안에서 조금 더 멀고 가깝고는 정말 무시해도 되는 것 아닌가. 그럼에도 불구하고 나는 여기에서 또 하나의 중요한 '열쇠'를 풀고 싶어진다. 하굣길에 쏟아지는 빗줄기에 우산도 없이 집에까지 가려고 하면 생각이 천차만별이다.

지금이야 그까짓 비 좀 맞으면 어떤가 하겠지만 달랑 입을 옷이 하나밖에 없던 그 시절에 젖은 옷은 내일 또 입어야 해서 밤새 마를지 걱정해야 했고, 책가방도 없이 네모진 책보자기에 책과 공책, 필통을 돌돌 말아 어깨나 허리에 묶고 집에까지 내달려야 하는 경우에는 석전리와 시목리는 상황과 처지가 달라도 너무나 다르다. 그런데도 '왜, 우리 아버지는 마명리에 살지 않아서 이 개고생을 시키는가' 하는 불만은 마음 속에 털끝만큼도 없었다.

그래도 붕어주막이 있어서 잠깐 비를 비켜설 기회가 있었던 행운이 그대들에게는 있었다. 줄줄이 딸부자 집 송산리 박씨 집안에서 뒤늦게 낳은 아들 박성수는 얼마나 귀했을까. 그

아들 비 맞을까 봐 우산을 들고 붕어주막까지 마중 나왔을 성수 어머니가 얼마 전에 돌아가셨다는데 멀어서 조문도 하지 못했다.

한편으로 거의 대부분의 뒷면 마을들은 선택의 여지도, 비를 피할 어떤 곳도 없었다. 부챗살처럼 각 마을 길이 따로따로여서 붕어주막 같은 목이 없었다. 비가 하염없이 쏟아지는 어느 날 연화제 수문 아래 다리 밑에서 비를 피했다. 물이끼가 끼어서 미끄러운 시멘트 비탈에 겨우 버티면서 비를 피하고 있었던 것이다. 저수지 물이 불어서 흘러내리는 물이 점점 많아지는데 위험천만했던 기억이 새롭다. 그렇게 집까지 비를 피할 어떤 구조물도 없는 것이 대부분의 뒷면 마을이었다.

그래도 어떻게든 오로지 그 고개를 넘어서 집에까지 가야만 한다는 생각 이외에는 여지가 없었다. 추운 겨울 혹한의 눈발 속에서도 마찬가지다. 바다가 둘러싸인 화산은 어느 곳이든 세찬 겨울 북풍은 피할 수 없는 곳이었다. 그때는 나이가 어려서 심장이 작았던지 유달리 추웠다. 생각해 보니 입고 있었던 옷들이 추울 수밖에 없었다. 제대로 된 내복도 없이 맨사댕이로 살았으니, 지금도 시한(겨울)에는 추웠다는 기억밖에는 없다. 그 추위에도 결석하면 죽는 줄 알고 이리저리 미끄러지고 넘어지면서 호호 불며 학교에 갔다.

발끝에 매달린 고드름이 녹으면 시린 발을 더 시린 발로 비벼대면서 차디찬 마룻바닥 냉기를 피하려 언 발을 의자에 깔고 앉아 녹이면서 차디찬 식은 도시락을 이빨을 부딪혀가며 먹었다. 식당하는 병남이나 편리사 박승의 김이 모락모락하는 따뜻한 밥은 그야말로 그림이고 영화였다.

빵꾸가 난 양말은 기본이다. 유난히 무릎과 팔꿈치가 동그랗게 뚫린다. 그걸 기워서 입는 것은 보통이었다. 어느 날 오길록 선생님이 수업 시간에 수업하다 말고 '빵꾸송'을 불러주셨다. '내 양말 빵꾸났네 빵꾸난 내 양말 빵꾸가 안 난 것은 내 양말 아니지~' 반 아이들 대부분 학생들의 양말이 빵꾸난 것을 보시고 즉석에서 만들어 불러주셨던 그 소중한 노래를 60년이 흘렀어도 귓가에 생생하다.

그렇다 이야기가 좀 무거워질 수도 있겠다. '조 해리의 창'에는 4개의 유리창이 있다. 내가 아는 나, 나도 모르는 나, 내가 아는 너, 너도 모르는 너. '니가 나를 모르는데 난들 너를 알겠느냐.' 김국환이 불렀던 '타타타'에 나온다. 사람과 사람의 차이라는 게 정말로 해우(김) 하나 차이도 안 된다. 면사무소가 있는 마명리 사는 분들 탓하고 말고는 아니니 추호도 오해 없기를 미리 말씀드린다. 참새미 고개너머로 보이지 않는 곳에도 마을이 있고, 사람이 있다.

모퉁이, 모퉁이마다 사람들이 숨 쉬고, 나름대로 하늘을 보면서 살아가는 것이다. 심지어 바다 건너 섬에도 살았다. 사실 안정리, 중정리는 거리상 신방리를 지나 현산 고현이 직선거리로 훨씬 더 가깝다. 그런데도 그렇게 멀고 먼 마명리, 연정리까지 나오는 것이다. 세상을 만나기 위해서다. 마명리로 가야한다(?)고 해서 착하게 따랐다. 마명리에서 보자면 '참 알다가도 모를 사람들이지만 그것이 인생이다. 나라에서 행정구역이라고 인위적으로 그려 놓으니 군말없이 따랐던 순하고 착한 백성들인 것이다.

　관동 이종식은 공부도 열심이어서 전대 상대를 졸업하고 회계사가 되려고 그 애를 쓰더니 결국 교수가 되어 은퇴하였다. 언제부턴가 마라톤을 시작했다는데 기록이 정규 육상 선수급이다. 내가 경험하지 못한, 내가 알지 못한 훨씬 더 많은 세상을 살아가고 있다. 경외감이 생기는 것은 당연하다. 세상(?)과 좀 더 가까이에 있는 부길리, 은산리가 있는가 하면 좀 더 멀리, 아주 멀리에도 사람이 산다. 마명리에 태어난 것이 자신의 의지와 상관없듯이, 멀리 사포리에서 태어난 것도 마찬가지다. 참새미재는 세상살이의 경계선과도 같다. 소수의 사람과 다수 사람의 비율도 그렇다. 소위 '8:2의 법칙'과도 같다.

　그렇다 공짜로 누리는 행복과 죄 없는 불행은 오늘날도 주변에 널려있다. 베풀면 좋겠지만 나누는 세상이 좋다. 비 오는 날 하루 묵어가게 할 수도 있고, 날이 개면 돌려달라고 우산 하나 쥐어주는 것, 그런 마음과 가슴들을 참새미재는 담고 있을 것 같다. 그래서 또다시 주목되는 곳이 붕어주막이다. 붕어주막이 갖는 또 다른 역할이나 기능이 무궁했을 듯싶다.

인생은 마라톤

다시 참새미고개로 잠시 되돌아가 보자. 인천공항에 내리면 공기 냄새가 다르다. 고향 냄새요, 조국의 냄새가 확 난다. 마명리에서 참새미재를 오르는 그 수많은 발걸음마다 켜켜이 쌓여 있을 사연들을 어찌 이 짧디짧은 몇 줄에 올릴 수나 있겠는가. 참새미재에서 세상을 바라보며 세상으로 나갔을 때와 세상에서 돌아올 때는 뭔가 달라도 달라져 있다. 매일 같다고 하지만 그 매일들이 모여 한 달이 되고, 1년이 되고, 10년이 된다. 그리고 그것이 바로 인생이다.

짧지만 되돌아 오르는 그 고개가 웃음과 환히도 되고 회한과 슬픔도 된다. 웃음과 눈물의 사연이 그 고개 걸음걸음마다에 뚝 뚝뚝 떨어져 있을 것이다. 고갯마루에 오르고 나면 정지에서 밥 짓는 어머니가 젖은 손으로 금방이라도 보일 것 같고, 참새미재를 넘어서면서 했던 수많은 기약과 다짐이 고개를 넘었던 그들의 인생 행로를 다르게 했을 그곳이다. 앞면 사는 사람들에게는 집 앞 대문 같은 곳이 참새미다.

나도 그랬다. 인생의 중요한 기점마다 고향을 찾았다. 부모님은 대처에 나간 자식이 무슨 일을 어떻게 하는지 한 번도 묻지 않으셨다. 대신에 동네 돌아가는 이야기들을 두런두런 들려주신다. 정작 자신이 알고 싶은 것들이 많았을 텐데도 눈앞에 두고도 묻지 않았던 그 심정을 그때는 몰랐었다. 나도 이 나이가 되고 보니 자식들에게 알고 싶고 묻고 싶은 게 너무나 많다. 그런데도 물어보지를 못한다. 이제야 그 마음을 알 듯하다. 끝내 묻지 못할 것 같다. 나의 부모님들이 그랬던 것처럼….

왕복 4km 되는 중학교 때의 참새미재 왕복 장거리 달리기는 어떻게 되돌아왔는지 기억에 없을 정도로 힘들었다. 마라톤 풀코스를 17회를 완주했다. 보스턴 마라톤에도 다녀왔다. 미국인 전체로 봤을 때 마라톤 인구는 2% 정도 된다. 여자의 비율이 훨씬 높다. 그 2% 마라톤 인구 중에서 기록상 상위 10% 정도가 되어야 보스턴 마라톤에 출전할 수 있는 자격이 주어진다. 두상도 크고 배도 나와서 뛰는 것과는 선천적으로는 맞지 않는다. 항상 어떤 분야에서건 최고하고는 거리가 멀다. 매사가 그렇고, 인생이 그렇다. 그러나 꼴찌는 안 한다.

밤만 되면 불확실한 이민 생활 걱정에 불면으로 잠을 못 이루는 와이프에게 저녁 먹고 나서 그냥 소파에 앉아 있지만 말고 일단 '몸을 괴롭히고 피곤하게 해' 보자며 달리기를 시작했는데 잠도 잘 자고 더불어 뛰다 보니 곧잘 뛴다. 정확한 기억은 없는데 중학교 때인가 어떤 선생님께서 '세상에 미련한 운동이 마라

톤'이라고 했던 말이 지금도 잊히지 않는다. 그 미련하고 재미

없는 운동을 이렇게 오래 하는 것도 '참새미재'가 내게 가져다준

'아름다운 선물'이다.

마라톤은 개인 운동이지만 같이하면 더 좋다. 다행히 두 살 터울 아내가
줄곧 곁에서 같이 뛴다. 뭔가 하고 싶으면 마라톤부터 시작해라. 무엇을
할지 생각 안 나면 마라톤부터 시작해라.

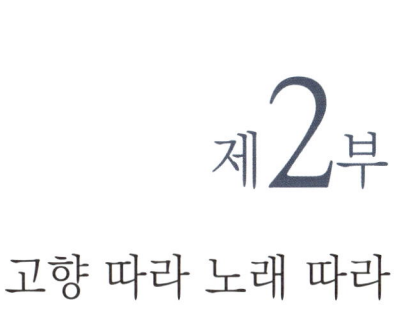

제2부

고향 따라 노래 따라

마포종점

추석이나 설날이 다가오면 몹시 궁금하고, 또한 걱정되는 일이 하나 있었다. 지금도 그때 왜 그런 걱정까지를 했었는지 아직도 좀 풀리지 않는 숙제다. 추석은 상달이라고 해서 풍족하고 날씨도 연중 가장 좋은 때이니 그 걱정이 덜했지만, 한겨울에 맞이하는 설날 전야에는 그런 걱정이 더했다. 지금도 그런 생각을 품고 있는 마음이 곱다.

명절이 되면 가족이 모두 모이고, 새 옷을 입을 기회 때문에 들뜨고 설렌다. 고샅의 굴뚝마다 온종일 연기가 피어오르고, 전 부치는 기름 냄새에 스스로 배가 부르다. 먼발치 신작로에 버스가 도착하면 양손 가득히 번쩍이는 선물 보따리와 함께 이집 저집으로 향하는 발걸음도 가볍다. 각자의 집으로 잠시 들어갔다가 다시 동각으로 나오니 얼마나들 반갑고 반가워서 동네가 떠들썩 한다. 보는 것으로도 신났다. 서울 이야기, 광주 이야기, 해남 이야기….

주위가 어둑어둑해지면 담장 너머로 막차를 기다리는 주름진 눈은 아쉬움으로 가득하다. 오겠다는 기별도 없었으니 안 오겠거니 하지만, 또 자꾸 정류장으로 건너다보는 기다림은 여느 동네에서나 있다. 가좌리행 막차가 지나가고 나면, 거기서부터 어린 나는 새로운 걱정을 한다. 저 막차 운전수와 차장은 이제 어떻게 하지? 늦은 밤에 남들 모두 태워주고, 날라주고, 언제 자기들 집에 돌아갈까? 차는 어디에 두고, 어떻게 갈까? 가족과 함께하는 것만으로도 즐거울 명절인데 그분들은 늦은 밤 추위에 걱정은 걱정이었다.

해남 읍내 버스정류장에는 대목 날 광주여객을 비롯해서 금성여객, 광원여객, 해남여객, 장흥여객, 직행·완행·급행버스들이 비좁은 2차선 시내 한쪽 길을 만원 버스만큼이나 꽉꽉 메우고 명절대목의 절정을 이룬다. 완도, 진도, 우수영, 어란, 송호리, 화원, 황산, 대흥사, 독천, 성전, 마량, 옥천, 남창, 마산, 상공리행 버스들이 종점들을 향한다. 서울 종로에서 3번 지하철 대화행을 타고 일산의 마두역에서 내려야 집이다.

술을 한잔하면 한국의 지하철은 세계 최고다. 여름에는 시원하게 한숨 자고, 겨울에는 포근해서 절로 졸린다. 눈을 떠 보면 아무도 없다. 전철 운전사가 열차 칸을 건너 건너 깨워서야 허겁지겁 전철에서 내리면 춥고, 어둡고, 깜깜한 주변, '종점'이 왜 종점인가를 실감 나게 해주는 장면이다. 몇 차례 전철 종점 신세를 지니 미안하기도 하고 불편해서 종로에서 전철을 타면서 와이프에게 전화를 걸어 두 정거장 전인 백석역에서 깨워달라고 예고 하고 타면 안심이다.

어느 날에는 전철도 끊겨 심야버스를 탔는데 옆자리에 아가씨가 미리 앉아 있었다. 앉아서 졸고 가는데 버스가 정류장에 서기 위해서 속도를 줄이면 오른손을 옆으로 뻗어 자동차 기어를 중립으로 빼려고 덥석 잡는다는 것이 그만 옆자리에 탄 아가씨 왼쪽 무릎을 오른손으로 덥석 잡고 해서 깜짝 놀라 미안해서 당황했던 적도 있었다. 요즈음 같으면 영락없이 치한으로 신고당했을 터이다.

비가 내리는 워싱턴에서 그때를 떠 올리면서 작은 미소를 머금으며 1968년 은방울자매가 불렀던 '마포종점'을 여러분과 나누려 한다. 그때 그 시절 운전사, 차장 누님들 감사합니다. 코로나 잘 이겨 내고 힘내세요. 여러분.

"밤 깊은 마포종점 갈곳없는 밤 전차
비에 젖어 너도섰고 갈 곳없는 나도섰다

강건너 영등포에 불빛만 아련한데
돌아오지 않은 사람 기다린들 무엇하나
첫사랑 떠나간 종점 마포는 서글퍼라

저 멀리 당인리에 발전소도 잠든 밤
하나둘씩 불을 끄고 깊어가는 마포종점

여의도 비행장엔 불빛만 쓸쓸한데
돌아오지 않는 사람 생각하면 무엇하나
궂은비 내리는 종점 마포는 서글퍼라"

영등포의 밤

5학년 그 당시에는 30리 길이 너무도 멀게만 느껴졌다. 집에서 걸어서 대흥사까지 가려면 30리다. 해남이 낳은 가수 오기택의 노래 '고향무정'은 꼭 우리 동네를 배경으로 부른 노래 같았다. "구름도 울고 넘는 울고 넘는 저 산 아래…" 많은 사람들이 각자 자기 고향을 그리면서 이 노래를 들을 것 같다.

라디오가 없던 당시, 집집마다 연결해 놓은 스피커에서는 그렇게 오기택의 노래가 화산면(해남군) 전체 가정에 한날한시에 울려 퍼졌다. 목포의 남진이 나오기 전에 오기택은 고향에서 인기가 그렇게 좋았다. 지금 들어도 그의 노래는 저음의 남성적 매력과 향수 어린 가사로 고향 노래로는 탁월하다.

해남 대흥사에서 열리는 콩쿠르대회에 그가 노래하러 온다고 윗 또래들이 산길로 간다는 데 너무 어려서 따라가지 못했다. 어린이 잡지 《어깨동무》를 통해서 광주에는 서석국민학교가 있고, 서울에는 리라국민학교가 있어서 스케이트를 타고, 이쁜 옷 입고 찍은 또래 여학생들의 하얀 얼굴들을 책 속에서나 보고 자라던 때였다.

서울하면 떠오르는 동네가 영등포였다. 그도 그럴 것이 우리

동네에서 서울로 간 사람들이 사는 동네가 흑석동이라는 곳이
란다. 지금은 동작구이지만 그때는 영등포구 흑석동이었다. 왜
흑석동, 마포 등지에 호남사람들이 많이 살고 있었는지는 너무
도 뻔한 이야기이다. 사회에 나와서도 서울 생활은 한참 나중의
일이었고, 서울 영등포 하면 생각나는 친구들이 있다.

가수 오기택에 대한 숱한 사연을 등하교 9년간 형
들에게서 들었다. 그때는 젊은이 어른 노래가 따로
없었다. 동네에서 누군가 노래를 부르기 시작하면
남녀노소가 그 곡을 한동안 모두 따라 불렀다. 다음
곡이 나올 때까지….

여의도 금융가에 취직해서 여의도 술집에 삼삼오오 모여서 영등포로 2차를 가곤했다. 그런데 여의도와 영등포는 붙어있는데도 어감이 많이 다르게 느껴진다. 미국 이민 20년에 영등포, 여의도는 또 다른 정거장이 된 느낌이다. 그래서 생각나는 그 시절 그 노래, 대흥사까지 다녀온 형들이 동네 고개를 넘어오면서 서로의 입을 쳐다보면서, 수십 번 부르고 또 불러서 돌아오는 동안에 익혀버린 오기택의 노래 '영등포의 밤(오기택, 1963)'은 동네 고샅에서 상당 기간이나 그치지 않았다.

벌써 50년도 훌쩍 지났다. 북평면 김경재 형님은 LA에 사시고, 문내면 양철수 형님은 베트남에 계신다. 나는 워싱턴에 2002년에 왔다. 미국 같으면 6마일 거리는 한 동네다. 작은 해남 땅에서 태어나 베트남, 미국 LA, 워싱턴에 살지만, 세계호남향우회를 통해 가까워졌다. 함께 들어보면서 코로나 때문에 못 가는 고향과 향우들 생각에 잠겨보려 한다.

"궂은비 하염없이 쏟아지는 영등포의 밤
내 가슴에 안겨오는 사랑의 불길
고요한 적막속에 빛나던 그대 눈동자
아 영원히 잊지못할 영등포의 밤이여

가슴을 파고드는 추억어린 영등포의 밤

영원 속에 스쳐오는 사랑의 불길

흐르는 불빛 속에 아련한 그대의 모습

아 영원히 잊지못할 영등포의 밤이여"

바다가 육지라면

"얼마나 멀고 먼지 그리운 서울은 파도가 길을 막아 가고파도 못 갑니다." 1년 전 코로나 시작 무렵이던 작년 설에 차례를 지내면서는 설마 1년 내내 이럴 거라고는 생각도 못했다. 가을이 되면 그리운 한국에 나가고, 해남, 화산 봉저리 뒷산 덤벙산 아래에 계시는 어머니, 아버지 성묘는 할 줄 알았다. 속절없는 1년이 지났건만 아직도 요원하다.

까이거 살면 얼마나 산다고 2주간 격리고 뭐고 간에 갈려면 딱히 못 갈 것도 없다. 이민와서 산전수전 공중전 다 치르면서 그럭저럭 살고 있지만 비싼 왕복 비행기 타고 한국 가서 3주 이상을 지내고 돌아온 적은 한 번도 없다. 한 달이고 두 달이고 한국에 머물러 있는 분들이 신통방통해 보인다. 2주 간 격리되고 나면 곧 되돌아와야 할 그곳을 '나는 차마 갈 수가 없는 것이다.' 그런 1년이 지나고 정월이다. 떡국 끓여 차례상 올리고 나자 생각나는 고향 노래가 조미미의 '바다가 육지라면'이다.

학교가 파하면 숙제보다 더 중요한 일이 있다. 숙제는 못 해도 소 꼴은 먹여야 했다. 소를 끌고 논두렁 밭두렁을 다니면서 소의 배를 불리고 나서야 집에 올 수가 있다. 소는 식구보다 더 소중해 보였다. 어려운 쟁기질로 농사일을 하는가 하면 남의 일을 거들어 주면서 품삯까지 받는다. 어린 내가 도저히 할 수 없는 일들을 하기 때문에 가끔 '나는 소만도 못 하구나' 하는 생각을 할 때도 있었다.

그런가 하면 1년에 한 번씩 꼬박꼬박 송아지를 낳아준다. 송아지는 복권 같은 것이다. 소 없는 집도 많은데 소가 2마리면 곧바로 동네 부자 축에 낀다. 그 소를 굶기는 일은 천하에 있어서는 안 되는 일이다. 나만 그런 것도 아니다. 그 시절 모두가 그랬다. 소 옆구리에 난 홈이 없어질 정도로 배를 불려야 하는 일이 숙제보다 더 중요했다. 그와 함께 틈틈이 망태에다 저녁에 먹일 꼴을 베어서 한 망태기 담아와야 한다.

나보다 10배는 더 큰 소를 먹이는 일이 쉽지 않는 일이지만 일상이 되어서 틈틈이 삐비도 뽑아먹고, 같이 간 친구들과 해 넘어간 줄 모른다. 옆집 성재네 소는 좀 까탈스러웠다. 해는 저문데 소가 먼 산 보고 울기만 하고 입이 까다로워서 길가에 난 풀들은 잘 먹질 않는다. 어느 날 된장을 싸 와서 소에게 먹이는 것이다. 소가 짭잘한 된장을 아주 잘 먹었다. 해질 때가 되니 된장 먹은 소가 물을 찾는다. 물을 흠씬 먹고 나니 배가 불룩해졌다. 다음날 옆집 성재 아버지가 소가 갑자기 설사를 한다고 하는데, 50년도 넘는 동안 아직까지도 말을 못했다. 이제는 돌아가셔서 그 중요한 사실(?)을 전해 드릴 수도 없다. 해가 떨어지기 시작하면 집집마다 아궁이에서 연기가 피어오르고 그 실루엣은 지금도 꿈속에 아련하다.

덤벙산에서 바라보는 다도해의 낙조는 참으로 그림 같았다. 해가 기울어 깔망태 둘러메고 소고삐를 잡아 동네 어귀에 돌아들면 마을 동각 한가운데 높이 매달아 놓은 앰프에서 이미자의 '흑산도 아가씨'가 오늘도 흘러나온다. 출향한 뒤 경찰로 출세한 송댁 큰아들이 전기 들어왔다고 축하의 의미로 동네에 기부한 앰프다. 동네에 전깃불이 들어온 것이 중2 때이던 1971년으로 기억된다.

이전까지는 호롱불에 둘러앉아 화투라도 칠라치면 맞문 열면 바람에 호롱불이 꺼져버리고 그판은 '파토'다. 전기가 들어온 뒤에 천정 위에 흔들거리는 전구다마는 그야말로 별세계였다. "리민 여러분, 동각에서 알려 드립니다." 아침저녁으로 이장님 말씀 전에 틀어 놓은 일종의 알람 전주곡이 이미자의 '흑산도 아가씨'와 '섬마을 선생님'이다. 하나밖에 없는 그 노래만 얼마나 많이 돌리고 돌렸는지 닳아버려서 찌직 거리니까 이장이 새로 산 레코드판이 조미미의 '바다가 육지라면'이었다.

전남 영광 출신으로 목포여고를 나온 조미미는 전라도 어느 곳에서나 있을 법한 둥글납작한 영락없는 동네 누나 같았다.

덤벙산 아래 우리 동네에 해가 저물면 사방이 어두워지면 저멀리 황산면 바다 건너 하늘만 하얗게 밝다. 마치 오로라 불빛같이 밝은 곳, 목포항구의 그 밤하늘 불빛을 보면서 자랐다. 전기가 뭔지도 모르고, 도시가 어떻게 생겼는지 말로만 듣고 자랐던 시절, 두 집 건너 하나밖에 없이 귀하디귀한 금성 라디오는 처녀들의 보물단지 같았다. 그곳에서 흘러나오는 목포문화방송 라디오, 조미미의 노래 '바다가 육지라면'을 노래 발표 50년 후인 2020년에 천리만리 타국 워싱턴에서 듣게 될줄이야. 더군다나 하늘길까지 여의치 않았던 펜데믹 상황과 맞물리니 더욱 그렇다.

마을 뒤편 사장나무에서 본 동네의 전면 일부. 건너편 산 너머는 원래 바닷가였는데 고천암 방조제로 인해 육지로 변했고, 밤이면 목포항 불빛으로 밤하늘이 환하게 밝았다. /강영구 작가 제공

"얼마나 멀고 먼지 그리운 서울은

파도가 길을 막아 가고파도 못 갑니다

바다가 육지라면 바다가 육지라면

배 떠난 부두에서 울고 있진 않을 것을

아~ 바다가 육지라면 눈물은 없었을 것을"

　이 노래비는 좀 엉뚱하지만, 경주시 감포읍에 있다. 작사가 정귀문이 경주 향토사학자였기 때문이다. 3면이 바다인 대한민국 어디에서인들 어울리지 않는 곳이 없을 노래이기도 하다. 참고로 쌍쌍파티 녹음장에 조미미가 나오지 못하여 대신 가수 연습생 주현미가 녹음하게 된 뒤로 주현미가 혜성처럼 등장한 일화도 있다. '마음이 지척이면 천리라도 지척이오, 마음이 천리오면 지척도 천리로다'라고 했다. 이 노래 같이 들으면서 새해 따뜻한 마음 함께 나누기 바라는 마음이다.

대전 부르스

'웃프다'고 하는 말이 생긴 것은 얼마 되지 않았다. 웃기지만 슬프다. 웃기면서 한편으로는 슬프다는 뜻으로 한글 사전에 새로 등재된 말이다. 울고 웃는 일들이 하루에도 열두 번 생기는 변화 많은 세상이니 이런 말까지 만들어진 것이다.

어렸을 때 '그날'은 좋은 날이면서 슬프고 가슴 아팠던 날이었다. 그날이 있기 며칠 전부터

시집가는 또래 누나들이 무지개색 물감을 들인 창호지를 햇빛에 널어 말린다. 그 색종이를 손바닥 크기로 네모지게 자른다. 그걸 할머니, 어머니들 쓰던 비녀에 돌돌 말아서 쭉 뽑아내서 둥그렇게 펼치고 몇 개를 이리저리 겹치면 세상에서 가장 아름답고 자태 고운 꽃잎으로 태어난다.

토막 낸 철사로 한데 묶어 놓으면 검푸른 인당수에 몸을 던진 심청이가 용궁 왕비로 환생하여 세상 밖으로 나올 때 타고 왔던 연꽃 모양이 저렇게나 이뻤을까. 색색깔 마다의 꽃봉오리는 사철 푸른 동백나무 가지에 군데군데 매달아 놓으면 백악관 앞의 크리스마스트리와도 손색없이 화려하다. 시집가는 날은 이렇게 시작된다.

동네 대사에 쓰는 차일은 기쁜 날과 슬픈 날의 역사를 함께 품어 안고 있다. 초상 때도, 혼례 때도 차일이 올라가면 대사날이고 잔칫날이다. 비도 가려 주지만 햇빛도 가려 준다. 차일이 큰 건지, 마당이 좁은 건지 긴 장대 기둥 두 개를 밀어 올리고 사방에서 줄잡아 세우면 전천후 체육관 같은 연회장이다. 동네 꼬마들은 이유도 없이 좋다. 모든 동네 사람들이 모이는 날이고, 평소에 못 먹어보던 음식들을 준비하느라고 북새통이다.

청소년 시절 결혼은 인생 최대의 로망이었다. 기쁨 뒤에는 이별의 슬픔이 짙게 드리웠던 그 시절의 복잡미묘한 상황을 추억해 본다.

　어머니는 그런 날 유독 그곳에 얼씬거리지 말라고 한다. 살금

살금 기웃거리다 되돌아서야 했다. 야속하기 그지없다. 그런 날 무슨 공부가 되겠는가. 네모진 덕석(멍석)을 카펫처럼 펴서 가지런히 깔아 놓고, 양쪽 대나무 기둥에 미리 만들어 놓은 동백나무를 아치 형태로 묶어 놓으면 마치 청와대 봉황문양 같은 거룩한 결혼 예식장이 꾸며진다. 색색의 총천연색 종이테이프로 장식을 더하면 보는 마음이 벌써 천국이다. 그즈음 바깥이 요란하다.

배추색 몸통에 차 지붕만 흰색인 새나라 지프가 곳곳을 색테이프로 두르고 동각 앞에 서면 꼬맹이들이 달려들어 그 색테이프 먼저 뜯어가려고 또 한바탕 북새통이 난다. 오늘의 주인공 신랑이 우인 대표들과 차에서 내려 신붓집과는 약간의 거리가 있는 아무개네 사랑방에 여장을 풀고 기다린다. 그사이 행세깨나 하는 동네 총각들은 건달 분장을 한다. 대게 거지행세로 얼굴에 굴뚝의 숯검댕이로 얼굴을 새까맣게 만들어 막장 같은 험악한 분위기를 만든다. 이 사람을 '중방'이라고 했는데 그 어원과 뜻은 잘 모르겠다.

이윽고 신랑이 혼례를 위해 신붓집으로 출발하면 작대기 짚은 중방들이 고샅길을 딱 막아선다. 아마도 그중에는 필시 오늘 시집갈 신부를 짝사랑(?)했을, 그러나 빼앗겨 버린 갑돌이도 끼어 있을 것이렸다. "가는 길을 멈추라고 해라." 초장부터 세게

나온다. "어디서 굴러온 누구냐고 여쭈어라." 노골적으로 시비조다. 신랑 옆 우인 친구들이 "그러시지 말고 한잔 목부터 축이시지요" 하면서 얼른 신붓집에 연통해서 술 반상을 내어 온다.

신랑이 술 따르는 태도가 건방지다느니 하면서 아주 희롱까지 한다. 신랑은 좌우지간 고분고분해야 한다. 왜 처녀 도둑놈(?)이니까, 어떤 때는 하도 심해서 화가 나서 돌아가 버리려는 사태도 있었다. 단지 제스처였다는 건 한참 나중에야 알았다. 먹고, 시비하고, 실랑이로 옥신각신 온 동네가 요란법석 하다. 잔치는 잔치다. 미리 준비해 간 돈을 조금씩 줘 달래가면서 한 걸음, 몇 걸음 가다가 다른 멤버가 투입되고⋯. 장가가기(신부 데려오기) 한번 힘들다.

신붓집 앞에 당도하면 장모님이 피워 놓은 짚불을 건너뛰어 미리 엎어 놓은 바가지를 힘껏 밟아서 깨트리고, 차일 아래 펼쳐진 휘황찬란한 결혼식장 외석에 선다. 여기저기서 키꼴이 크다느니, 코가 어쩌고, 눈알이 부리부리하다느니 신랑 면접 소리가 두런두런하다. 이윽고 신부 차례다. 연지곤지 찍고 머리에 쓴 족두리는 또 얼마나 신비스러운지, 세상에서 가장 이쁘게 꾸민 신부가 두 손을 모아서 이마에 올려 얼굴을 가리고 안방에서부터 토방을 지나 댓돌로 그리고 마당에 이를 때까지 신부 양어깨를 부축하는 '인접'들의 도움을 받아 수탉, 암탉 한마리씩을 묶어서 올려 놓인 입상을 앞에 두고 신랑과 마주 선다. 베일이 없을 때이니 두 손으로 얼굴을 가린 채로 그때까지도 신랑은 신부의 얼굴을 구경조차 할 수가 없다.

그리고 섰다 앉았다 무슨 절을 서로에게 몇 차례 왔다 갔다 한다. 오늘 행사 중 가장 지루한(?) 시간이다. 그런 다음에 신부의 손이 내려오고 드디어 신랑 신부가 대면하게 된다. 이때 신부가 웃으면 첫딸 난다고 웃지 말라고 했다는 데 지금 생각하면 무슨 뚱딴지인지 모르겠다.

이런저런 절차가 다 끝나고 사진 촬영을 위해 병풍을 세우고, 삼발이를 세운 사진사는 연신 검은 커튼 속으로 머리를 넣다 빼기를 몇 차례, 국어책만큼이나 두꺼운 필름을 갈아 끼우고 손에 든 고무공 같은 스위치를 '하나, 둘, 셋'과 함께 플래시가 팡하고 터진다. 그러자마자 우당탕 난리가 난다. 기둥에 붙은 꽃과 색 테이프를 꺾어 가려는 젊은 청년들이 사진찍기 끝나기가 무섭게 요절을 내서 나누어서 가져가 버린 것이다. 아직 몇 장 더 찍어야 하는데….

결혼식이 끝나고 음식들을 먹고 나누고 나면 가까운 집안끼리만 남아서 뒷정리 겸 저녁 준비로 또 바쁘다. 밤이 찾아오면 2차가 있다. 대개 신랑 신부 또래의 친구들을 위한 피로연(?)이 준비되는 것이다. 낮시간 결혼식장 도착 직전에 있었던 '중방 놀이'의 후속편이 밤으로 이어진다. 사모관대를 벗어버린 편안한 상태의 신부 도둑님을 닦달하면서, 권커니 잣커니 첫날밤이 익어간다. 발가락 손가락 비틀기 고문까지 이어지기도 한다. 부엌에서 준비하던 장모는 신랑의 비명소리에 달려 들어오기도 한다. 어린 마음에 '장가가기가 저렇게 힘든 것인가! 장가가는 것 포기해야겠다'는 생각까지도 했었다. 그중에 하이라이트는 '신랑 신부 뽀뽀시키기'다. 그래도 남아있는 절차가 더 있다.

요즈음으로 치자면 아무것도 아닌 걸 그렇게 잡아빼고 닦달해야 했던 것이다. 너무너무 쉽게 칼로 무 베듯이 해버리면 재미가 없었을 것이라는 생각을 그때는 전혀 상상도 못했다. 큰댁에 사촌 누이가 세 분이 있어서 비록 어렸지만, 당시를 그런대로 자세히 추억할 수 있었던 게 행운이자 다행이다. 누가 초청하지 않아도 열대여섯 되는 꽃띠 처녀들은 문밖에서 그 피로연을 보면서 백마탄 흑기사를 그려봤을지 모른다. 다음 날 아침에 우물가의 톱뉴스는 단연 '어젯밤 피로연'이다. 그래 어땠어? 그 밤을 모르던 사람들이 더 궁금해 하고 안달이다.

윗동네 산기슭에 사는 생기동댁은 일찍이 홀로 되셨다. 딸만 셋을 홀로 키우셨는데 그분이 키가 크기도 했지만 3자매의 인물이 범상치가 않았다. 아주 아주 미녀였다. 어려운 형편에도 막내 병임은 교복 입혀 중학교도 보냈다. 큰딸이 시집가던 날밤

온통 눈물바다를 이룬다. 홀어머니와 두 동생을 두고 시집을 가는 마음이 오죽이나 아렸을까, 신부 노래를 들어야 하는 차례인데도 선뜻 하지 않고, 그럴수록 신랑의 죽어나는 비명 소리만 높아간다.

첫사위는 데릴사위요 남편 같은 사위다. 생기동댁은 청년들을 뜯어 말리고, '노래하나 얼른 불러버려라'며 딸에게 채근이다. 참다 참다, 빼다 빼다 부른 이 노래, "잘있거라 나는 간다. 이별의 말도 없이 떠나가는 새벽열차 대전발 영시오십분 흐으흑." 더 이상 잇지를 못해 버린다. 그 딸을 부둥켜 안고 어미도 울고 동생들도 울고 그 방 안 사람들이 모두 모두 눈물바다를 이룬다. 문밖에서 지켜보던 어린 처녀들도 함께 울어버린 '대전부르스'. 작사가 최치수는 나중에 아세아 레코드사 사장이 되지만, 그전에 14년간 열차 승무원 생활을 했다. 목포로 떠나는 0시 50분 완행열차 플랫폼. 빗속에서 남자를 떠나보내고 나서도 한참을 울고 서 있던 젊은 처자의 광경을 잊지 못해 이 곡을 작사하였다. 1959년 안정애 가수의 노래다.

"잘있거라 나는 간다 이별의 말도 없이
떠나가는 새벽열차 대전발 영시 오십분
세상은 잠이들어 고요한 이밤

나만이 소리치며 울 줄이야

아~아~ 붙잡아도 뿌리치는 목포행 완행열차

기적소리 슬피우는 눈물의 프랫트홈

무정하게 떠나가는 대전발 영시 오십분

영원히 변치말자 맹세했건만

눈물로 헤어지는 쓰라린 심정

아~아~ 부슬비에 젖어가는 목포행 완행열차"

월남의 달밤

　1968년 전국적인 가뭄에 타들어 가는 들녘, 농부들의 한숨과는 상관도 없이 높푸른 가을 하늘에 만국기가 드높이 펄럭이는 화산국민학교 가을 운동회, 백 횟가루로 운동장 정면을 크게 둘로 가르고 남쪽은 청군, 북쪽은 백군이 자리 잡고 있다. 개선문은 크고도 웅장했다. 머리에 청백색머리띠를 두른 5, 6학년 남학생들이 4열 종대로 열을 맞추어 행진해 들어온다. 보무도 당당한 기마전이 시작되는 것이다.

> "아느냐 그 이름 무적의 사나이
> 세운 공도 찬란한 백마고지 용사들
> 정의의 십자군 깃발을 높이 들고
> 백마가 가는 곳에 정의가 있다
> 달려간다 백마는 월남땅으로
> 이기고 돌아오라 대한의 용사들"

　핏대를 올리며 부르는 백군의 행진가가 울려 퍼지면 운동장은 조용해진다. 바로 이어서 청군기를 앞세우고, 작은 주먹들을 더 야무지게 쥐고 어금니를 앙당 물고 청군이 마주 선다.

"자유통일 위해서 조국을 지키시다
조국의 이름으로 님들은 뽑혔으니
그 이름 맹호부대 맹호부대 용사들아
가시는곳 월남땅 하늘은 멀더라도
한결같은 겨레마음 임의뒤를 따르리다
한결같은 겨레마음 임의뒤를 따르리다"

비장하다. 눈에는 있는 힘 없는 힘을 잔뜩 주고 세상을 호령하듯이 그렇게 입장을 해서 양쪽 골대를 등지고 서로 마주 보고 섰다. 나는 어찌된 일인지 무작위로 편을 갈랐을 텐데 항상 청군이었다. 황산벌이 따로 없다. 불타는 애국심, 패배의 쓰라림은 생각지 말자. 대장마를 지켜야 한다. 적 후방을 노려라. 죽고 죽이는 접전을 앞두고, 우루루 3명 1개 조 기마가 만들어지고, 날쌘 기수들이 올라탄다.

맨 앞 대장마에는 공교롭게도 봉저리 이병희(청군)와 연곡리 강원일(백군)이 각각 청백기를 등 뒤에 가로질러 단단히 붙들어 맸다. 그 깃발을 먼저 탈취하는 팀이 승리한다. 대장마가 대열의 중간으로 이동하고, 호위마가 각각 양옆으로 서서 50미터

건너 상대와 마주 서고 나면 일촉즉발 전투 태세가 완료된다. '청군이겨라, 백군이겨라. 우~와.'

운동장이 떠나갈 듯, 손에 땀을 쥐게 했던 기마전을 끝으로 운동회는 그렇게 막을 내린다. 기마전은 오랜 전통이다. 일종의 스포츠요, 단체 줄다리기 같은 것이다. 지금 생각해 보면 어린 아이들인데 군가를 부르게 했다. 사실 군가는 기마전을 하기 위해서 부른 게 아니라 '반공 시간'이라는 과목이 따로 1시간씩 있었고, 사진으로 만들어진 교재도 따로 있었다. 그 시간에 그런 군가를 배웠다. 행진곡이니 부르기도 쉽고, 무심코 등하굣길에서도, 소먹이다가도 흥얼거렸다. 사회와 시대가 당연시되던 때였으니까.

항상 그렇듯이 그 시기도 역시 어려웠던 시기이다. 남북한 경제, 국민 총생산이 역전되는 시기가 대략 1978년 전후라고 하니까 당시에는 북한이 국민 평균적으로는 더 잘 살았고, 실제로 1968년 1월 21일 '김신조 사건', 그해 10월 울진삼척에 120명 특수전 부대 침투 등은 그런 배경으로 보면 침략이라고 보는 게 맞다.

한편으로는 남부 호남지역에 2년째 가뭄까지 들어서 민심까지 흉흉하던 때였다. 자주국방도 어려울 시기지만 '통킹만 사건 조작'으로 터진 월남전에 미국은 한국에 파병 요청을 해왔으니

'1968 올해는 건설의 해다. 싸우면서 건설하자'는 노래까지 만들어서 부르게 하였던 것이다.

위키백과는 '대한민국 국군의 베트남전 참전'이라는 제목의 글에서 "1964년에 의무중대 파견을 시작으로 1965년부터는 맹호, 청룡부대를 파병하였고 1966년에는 백마부대의 파견으로 연인원 5만 명, 최대 30만 명을 파병하였다. 이 중 5,099명의 사망자 (KIA)가 발생했으며, 1만 1,232명의 사상자(WIA-사상자=죽은 사람과 다친 사람)와 4명의 실종자(MIA) 그리고 참전 군인 중 이후 15만 9,132명이 고엽제 등으로 인한 후유증을 앓고 있는 참전용사가 발생하였다. 베트남에 군대를 파병하여 경제 발전에 필요한 외화 수입이라는 많은 경제적 이익과 한국전쟁 이후의 실제 전투 경험을 얻은 반면, 그 대가로 파병자 중 5,099명의 사망자가 발생했으며 참전 군인 중 이후 2만여 명이 고엽제 등으로 인한 후유증을 앓고 있는 참전용사가 많다"고 기록하고 있다.

어느 날부터인가 종갓집에서 밤마다 우는 울음소리가 동네를 삼켰다. 자식 잃은 어미의 애타는 심정을 태어나서 처음으로 들어보았다. 여느 가문에서나 종갓집은 원래 집안에서 항렬이 낮다. 그는 나보다 10살은 더 위였다. 항렬로는 조카이지만 형이라고도 부를 수 없는 어른이었다. 가요 콩쿠르 대회를 하면 그렇게 기타 반주를 잘 맞추었다. 그렇게 보려고 해서가 아니고 인물도 형제 중에서 가장 낫다는 말을 동네에서 들었다.

그런 그가 언제 월남에 갔는지도 나는 정확히 모른다. 그런데 어느 날 동네가 술렁이더니 그가 한 줌 흙이 되어 돌아왔단다. 가족은 물론이고 온 동네가 울음바다가 되었다. 철없던 우리는 영정에 매달린 두 개의 훈장을 보고, '저런 훈장 하나면 한 사람의 생명도 살릴 수 있다'는 밑도 끝도 모를 이야기를 했다. 명절에 세배 겸 인사하러 갈 때마다 훈장과 함께 흐릿한 흑백사진 속의 '강병옥 하사'를 쳐다볼 때마다 종가댁 형수님의 눈물과 한숨 소리가 그치는 것을 끝내 보지 못했다. 그의 영혼은 먼 남쪽 섬의 나라 월남 땅 어느 곳에서 돌아오지 못한 5,099명 중의 한 사람이 된 것이다. 영면하소서. 강병옥 하사에게 이 노래를 보낸다.

"남 남쪽 머나먼 나라 월남의 달밤

십자성 저 별빛은 어머님 얼굴

그 누가 불어주는 하모니카냐

아리랑 맬로디가 향수에 젖네 가슴에 젖네

열대어 꼬리치는 사이공 항구

산호등 아롱아롱 물에 어리면

카누에 실어보는 그 님의 노래

떠나온 수륙 만리 아득한 고향 그리운 산천"

앵두나무 처녀

　동네 우물은 단순히 물긷는 곳만은 아니다. "앵두나무 우물가에 동네 처녀 바람났네/ 물동이 호미자루 나도 몰래 내 던지고…." 2절은 더 가관이다. 노래는 빠른 4/4박자로 경쾌하지만, 그냥 노래로 넘기기에는 이농의 슬픈 사회 현실이 가사 속에 숨어 있다.

　하룻밤 새에 몇 명이 떠나버린 날도 있었다. 떠난 자식을 둔 부모는 죄인처럼 쉬쉬하고, 못 떠난 자식들은 남아있다가 이제나저제나 먼저 떠나간 친구가 불러주기를 기다리는데, 그때 따라나서지 못한 착실한 사람들은 끝까지 고향을 지켰다. 덩달아 무작정 열차 타고 떠나왔지만, 막상 자기 몸 하나 누일 곳마저 마땅치 않는 서울 생활. 중국집 쪽방, 구두닦이, 식당 설거지, 버스차장, 구로공단에서 일하다가 어찌어찌 연락이 닿았다.

　서로가 낯선 서울. 가장 눈에 잘 띄고 찾기 쉬운 곳으로 정한다. '몇 날 몇 시에 남산 동물원 앞에서 만나자고 말해도 그만 안 해도 그만, 내 속 니가 알고 니 속 내가 안다. 말없이 부둥켜안고 눈물이 왈칵, 순자는 어디있데, 미자는 영자는….' 이야기는 그칠 줄 모른다. 다시 잡은 손이 떨어질세라 꼭 붙들고 눈물 훔쳐 가며 서울 시내를 한 바퀴 빙 둘러보면서 떠나온 고향 산천 부모 형제들을 그려 봤다. 올라 온 김에 동물원도 둘러보고, 순환도로를 따라 걸어 내려오니 퇴계로, 소공로를 지나 어느새 대한민국의 신사 숙녀들만 거닌다는 명동 초입에까지 다다랐다. 허기가 져서 기웃거리다 중국집에 들어가서 너는 짜장, 나는 우동, 한 그릇씩을 비우고 나니 오색 휘황찬란한 네온싸인 사이로 대한민국의 멋쟁이들이 다 모인다는 미도파 백화점 앞, 삼삼오오 도도하고도 멋지다. 한국의 패션 1번지 명동거리다. 모두 어디를 가는지 바쁜 걸음들이다. 넋 놓고 두리번거리는 사이에 어둑해지는 골목 구석 사이사이에는 '도시의 그림자'들이 노려보고 있음을 느끼자 영등포 가는 버스를 무조건 잡아타고, 너는 마포, 나는 영등포로 되돌아왔다. 즐겁고 벅찬 하루다.

앵두나무는 물이 좋은 곳에서 자란다. 이쁜 여인들의 입술을 앵두 같다고 했다. 빨갛고 매끈함이 18살 순이의 입술과도 같아서였을까. 우물가에는 버드나무가 있다. 버드나무 가지는 가늘게 늘어져 있다. 부드러움과 유연함에 비유되니 여인의 가는 허리를 버드나무 같다고 하였더라. 우물가는 주로 여인들의 일터요, 사랑방이요, 쉼터요, 소통 공간이다. 거기에서 뉴스가 생산되고, 소비되고, 전달되고, 그러다가 싸움판이 되기도 한다. 풍문인지, 소문인지, 서로 대질하는 장소요, 잘잘못을 가리는 재판정이 열리기도 했다.

그래서 다 큰 딸들에게는 '우물가 입조심'을 물 길러 보낼 때마다 눌려보지만 여자들의 수다를 무슨 재간으로 막겠나. '영식이 마누라가 신랑 영식이 며칠 전에 서울에서 돌아왔다는디 며칠째 우물가에서 보이지 않는다. 얼마나 좋으면 그럴까? 아무리 그렇더래도 밥은 해 먹고 뭘 하든지 말든지, 그래도 그렇지 무슨 일이라?'

궁금증이 사흘째 되던 날 수건을 푹 눌러 쓴 영식 마누라가 우물가에 나타났다. 또래들을 만나자 고개를 더욱 푹 숙인다. "왜 그러는데?" 혼자서 어린 3살짜리 하나 키우면서도 평소 싹싹하고 명랑하던 행동이 이상하다. 더욱더 궁금증이 발동한다. 더군다나 서울 소식 가지고 돌아온 신랑 영식은 최고의 빅뉴스일텐데 말이다.

"별거 아니어라." 물만 양철통에 급히 채워 얼른 몸을 돌려 달아나듯 우물가를 빠져나온다. "대체 뭔 일이래?" 남아있던 두 새댁은 서로의 얼굴만 쳐다본다. "가만, 그리고 보니 얼굴이 어째서? 눈두덩에 퍼런 멍이 든 것 같았어. 잉!"

영식의 처는 물동이 호밋자루 던지고 모두 떠날 때 함께 떠나지도 못한 순둥이 순이였다. 부모 몰래 어떤 결정을 혼자서 한다는 건 불효막심이라고 귀에 못이 박혔으니, 우물쭈물하다가 친구들 모두 떠나버린 뒤에 고향에 홀로 남아있었다. 그렇게 덜렁 홀로 남아있던 갑돌이 영식이와 3년 전에 결혼을 했던 것이다.

신혼생활도 잠깐 이대로 시골에 박혀 있을 수는 없다고 1년 먼저 간 만수에게 연락해서 처자식 놔두고 뒤늦게 서울로 떠났던 영식이다. 전화가 있나, 그렇다고 편지라도 보내주는 것도 아니고, 보채는 어린애 등에 업고 이집 저집 일 다니고, 지친 살림살이지만 서울 간 신랑만을 기다리며 지나 온 나날들, 그렇게나 기다리고 기다리다 지친 남편이 돌아왔는데. 무슨 기가 막힌 사연이길래. 50여 년이 지난 아직까지도 그 사연을 모르고 있다. 다만 어느 추석날 마을 동네 가요 콩쿠르대회에 아기 없고 부르던 영식이 마누라의 노래 '동백 아가씨'만 지금까지 뇌리를 스치고 있다. 앙코르곡은 '앵두나무 처녀'다.

"앵두나무 우물가에 동네처녀 바람났네
물동이 호밋자루 나도 몰래 내던지고
말만 듣던 서울로 누굴 찾아서
이쁜이도 금순 이도 단 봇짐을 쌌다네

석유등잔 사랑방에 동네총각 바람났네

올가을 풍년가에 장가들려 하였건만

신붓감이 서울로 도망갔으니

복돌 이도 삼돌이도 단봇짐을 쌌다네"

비 내리는 호남선

그랬다. 선거 날이 다가오면 뭔지는 모르겠는데 어두운 야간에 어른들이 더 어둑어둑한 담벼락 아래서 삼삼오오 모였다 흩어지고, 평소에는 알듯 모를듯한 어른들의 수근거림이 잦아졌다. 동네 한가운데 동각의 높다란 회벽에 밀가루로 풀을 쑤어 방 빗자루에 풀을 묻혀 말로만 듣던 높은 분들의 선거 벽보 사진들이 줄줄이 나붙었다.

"잘 생겼네. 똑똑하기는 누가 똑똑한디…" 지나가면서 저마다 한마디씩 한다. 그때나 지금이나 기호 1, 2번에 사람들의 시선은 집중되었다. 선거일이 다가올수록 뭔가 알 수 없는 뒤숭숭한 분위기들이 작은 마을 고샅마다 음산하다. 느닷없는 밀가루 포대가 나돌았다. 농번기로 바쁜데도 주막집이 부산스럽다. 덩달아 해창 막걸리 주조장 배달 자전거도 숨 가쁘게 들락거린다.

시골 살았던 사람들만이 알 수 있는 것 중 하나는 거의 매일 아침 밥상머리는 일종의 '아침 회의' 장소다. 회의라고 해봐야 어머니 아버지가 오늘 어느 밭에서 누구와 뭘 하고 오후에는 동네 누구네 어느 논에 가서 소와 함께 쟁기질해서 품을 산다는 그런 일과에 대한 이야기가 거의 전부다. 밥 먹고 있는 도중에

밖에서 누군가 어머니를 찾는 소리는 필시 안 좋은 소식이다.

그 대부분이 누가 오늘 일하러 오기로 했는데 안 온다는 둥 일이 틀어질 때가 많다. 그 당시 아버지는 그런대로 동네에서 농사가 많은 편이다 보니 주로 사람을 쓰는 편이었던 우리 집은 벌써 1주일 작업 분량과 일손을 미리미리 짜 맞춰 가는 어머님의 그때 모습이 흡사 지금의 와이프 모습으로 살아서 옆에 계신 듯하다.

그렇고 그런 순박한 동네 시골 사람들이 술렁술렁인다. 딱히 막걸리, 밀가루 때문만이었을까. 그렇게 힘들고 팍팍한 세상이었지만 군청이나 면사무소의 양복 입은 사람들과 검은 지프차를 탄 사람들이 논두렁 밭두렁까지 찾아다니면서 굽혀지지 않는 두꺼운 허리를 반으로 접고 투박하기만 한 촌부들의 손을 두 손으로 감싸주는 것이 언제였던가.

선거가 세상을 개벽시켜 준다던데 정말 그런 것 같았다. 멀어져가는 지프차의 뒷모습을 바라보면서 깊은 담배 한 모금 뱉어 내시며 먼 하늘을 바라다보는 아버지의 모습이 느닷없이 떠오른다. "우리 동네는 거반 공화당이여, 그런데 누구누구댁은 잘 모르겠더랑께." "옆 동네 용덕리 윤씨들은 모두 신민당인디, 누구누구는 건진머리 논에서 그 사람들하고 늘 만나는 것을 보면…."

선거 전날 동각은 짚으로 만든 덕석으로 칸칸을 막은 투표소 설치가 요란하고, 동각 옆 우리 집은 막걸리 통이 금방 동나도록 사람들이 들락거렸다. 동각의 기둥마다 반공방첩, 멸공통일 표어가 덕지덕지 붙어 있었던 때에 '말이 많으면 공산당이요, 신민당에는 간첩들이 많아서 박정희 장군이 뭔가 좀 해보려고 하면 반대만 한다고.' 동네에 밤이 되면 바다 너머 산등성이 위로 목포 시내의 불빛이 휘황할 정도로 목포와 해남은 가까웠지만, 그 목포 출신 김대중의 신민당은 우리 마을에서도 '쉬쉬할' 정도로 '샤이 김대중'이었던 기억이 지금도 뚜렷하다.

교육과 세뇌가 이렇게 무섭다. 같은 시기 대구에서는 이효상이 이러고 있었다는 것은 한참이나 지난 후에야 알려졌다. 그는 대통령 선거 유세 때 "경상도 대통령을 뽑지 않으면 우리 영남인은 개밥에 도토리 신세가 된다." "박 후보는 신라 임금의 자랑스러운 후손이다. 그를 대통령으로 뽑아 이 고장의 천만년의 임금으로 모시자" 등의 발언을 하였으며 이는 한국 정치의 고질적 악습이 된 지역감정의 시초로 보기도 한다.(나무위키)

지금 시절에 보면 황당무계한 일이 아닐 수가 없다. 지금도 그런 분들이 있을지 모르겠지만 그때나 지금이나 노무현, 문재인을 지지하고 있는 나를 그분들은 어떻게 이해할 수가 있을까. 평소에는 말이 없던 중리 양반은 선거 때마다 막걸리 한잔이 들어가면 중얼중얼 무슨 노래를 혼자서 했다. 선거가 다가올수록 그 노랫소리는 커져만 갔다.

한국의 전통가요 트로트 가사에는 유난히 '비'에 관한 가사가 많다. 판소리의 대종을 이루는 '개면조'의 영향이며, 한이 많은 민족의 마음을 빗물이나 눈물로 표현해 왔던 때문으로 풀이된다. 1955년 5월 5일 당시 야당의 대통령 후보였던 해공 신익희 선생이 유세차 전주로 내려오는 기차 안에서 심장마비로 급서한다. 국민들이 얼마나 당혹스러운 일 이겠는가. 그러자 갑자기 사람들에게서 폭발적으로 불린 노래가 있었으니, '비 내리는 호남선'이 오늘의 그 노래다.

"목이 메인 이별가를 불러야 옳으냐
돌아서서 피눈물을 흘려야 옳으냐
사랑이란 이런가요 비 내리는 호남선에
헤어지던 그 인사가 야속도 하더란다

다시 못 올 그 날짜를 믿어야 옳으냐
속는 줄을 알면서도 속아야 옳으냐
죄도 많은 청춘이냐 비 내리는 호남선에
떠나가는 열차마다 원수와 같더란다"

해공 신익희 선생과 이 노래는 상관이 없다. 다만 호남은 근현대사뿐만 아니라 역사적으로도 가슴에 응어리가 맺혀있다는 걸 마음과 마음으로 안다. 더 이상 그런 상처가 없기를 바라는 마음이다.

'작곡가 박춘석은 평생 정치와는 무관한 삶을 살아왔지만, 이 노래로 한동안 경찰에 소환당하는 등의 고초를 겪었다. 내무부 치안국은 이 노래가 신익희 당시 민주당 후보의 별세를 애도하는 뜻에서 만들어진 것이라며 가사를 신익희의 미망인이 붙이지 않았느냐고 집요하게 질문하였고 또 이 노래가 민주당의 당가처럼 불리고 있다는 것이었다. 조사 결과 이 곡은 신익희가 타계하기 3개월 전에 만들어졌다는 사실이 드러나 풀려났지만, 작사자인 손로원은 괴로움을 많이 당했다.'(위키백과)

마지막으로 노래가 가수를 만들기도 하지만 가수가 노래를 만들기도 한다는 것이 나의 지론이다. '눈물 젖은 두만강'은 김정구요, '호랑나비'는 김흥국이다. '남행열차'는 김수희가 제격이다. 그런데 얼마 전 '비 내리는 호남선'을 전문 가수도 아닌 탤런트가 부르는 걸 우연히 보게 되었다. 내가 여태 들은 '비 내리는 호남선'을 부른 여러 가수 중에서 가장 호소력이 뛰어나 금방이라도 눈물이 왈칵 쏟아질 듯하여 선거로 인해 심란할 여러분들과 이 노래를 나누고 싶다. 그녀는 다름아닌 배우 양금석이다. 유튜브에 '양금석과 비 내리는 호남선'을 검색하면 바로 나온다.

제3부

방축리 연가

지금도 그리운 박동수

　지금은 조금 뜸하지만, 이곳 미국에서 우연히 만난 방축리 선배님이 계신다. 철 따라 만나고, 매일 카톡으로 안부하고 지내면서 나누었던 그 옛날 어린 시절 이야기는 몇 번을 되풀이해도 그립다. 나이가 익어가나 보다. 방축리는 원래 용덕리와 함께 양반동네라는 생각이 들었다. 어렸을 적에 옆 동네 용덕리 윤씨 종가의 대궐 같은 기와집은 사진에서나 볼 수 있듯이 경이로웠다. 부잣집의 대명사 놀부집이 그렇게 생겼을 것이라고 마음대로 상상하면서 컸다.

　화산국민학교에 입학을 하자 담임 선생님이 박석훈 선생님이셨는데 방축리에 사시는 분이었다. 뒤이어 2학년이 되니 키가 아주 아담하고 연세가 지긋하신 윤옥하 선생님이었는데 우리 아버지 담임을 하셨다는데 24년이 지나서 제자의 아들까지 2대를 가르쳤던 원로 할아버지 선생님이시다. 인연치고는 대단한 인연이다.

　동네를 떠난 뒤 친구라고 처음 생각했던 친구가 박동수였다. 키작고, 온순하고, 숫기 없었던 나의 눈에 누나들 아래에서 자랐던 동수도 나와 비슷한 성격이었던 듯해서 상통했던가 보더

라. 어느 날 평소의 하굣길과는 정반대 방향이던 방축리 동수 집에 큰맘 먹고 갔다. 흰 회벽에 깔끔한 집과 말끔하셨던 동수 어머니와 동수 할머니가 친구 왔다고 반겨주셨다.

이 사진의 배경은 매주 일요일 아침마다 새벽 달리기를 하는 공원이다. 매릴랜드주에서 살아 온 세월도 어느덧 4반세기를 넘는다. 제2의 고향인 셈이다. 해남에서 16년, 광주 27년, 서울 3년, 그리고 매릴랜드 25년이다.

  바로 위 누나(박난숙)는 우리누나(강향덕), 성수 누나(박성순)와 동기동창이어서, 학교에서 마주치면 남달리 대해 주셨다. 바로 아래 남동생들이 같은 반이라는 게 더 정다웠던 모양이다. 성수, 동수와는 중학교 때까지 거의 같은 반으로 생활했다. 고등학교 진학원서를 작성하는 교무실에서, 담임이셨던 윤전하 선생님과 함께 동수 형(박형택)이 동수의 진학 상담차 방문해 있었다. 동수 친구라고 소개해서 처음 보았다. "왜 광주공고를 지원하느냐, 광주 상고를 가는 게 나을텐데…" 하신 말이 지금도 생생하다. 그랬다면 또 다른 길을 가고 있을지 모른다.

윤전하 선생님은 아버지와 동기동창이시다. 친구의 아들이 제자인 셈이다. 나로 보면 아버지의 친구가 담임이었던 것이다. 선생님의 아들은 은산리 윤재왕이었다. 국민학교는 1년 선배였는데 중학교를 같이 다녔다. 아버지 생전에 2번 미국에 다녀간 뒤로 3번째는 같이 모시고 오시라고 했는데, 그동안에 아버지가 돌아가셔서 초대 못한 것이 지금도 마음에 걸린다. 은산리 채수준 대령이 같은 동네이니 안부 좀 전해 드리면 좋겠다. 박동수와는 광주에서 볼 기회가 충분했을 텐데도 어찌된 일인지 만나지도 못하고 이 나이가 되어버렸다.

넓고도 좁은 세상

　미국 넓은 땅에 250만 명의 한인 이민자들이 살고 있고, 워싱턴 D.C 근방에는 20만 명 정도가 살고 있다. 캐나다 전체 한인 이민자가 25만이라니 적은 숫자는 아니다. 20만 명이면 2025년 기준으로 순천, 목포시 인구와 비슷하다. LA·캘리포니아(60만), 뉴욕·뉴저지(40만), 휴스턴(20만)에 이어 4번째로 많다. 시카고, 시애틀, 그리고 사방팔방 없는 곳이 없을 정도로 곳곳에서 꿋꿋하게 살아가고 있다.

　확률적으로 희박한 만남도 이렇게 이어지는 게 인생이다. 함부로 막 대하지 말아야 하고 가까이 있는 인연들 소중하게 다살갑게 대해야 한다. 정확한 날짜와 장소는 기억에 없다. 22년 전쯤으로 기억된다. 워싱턴 서울대 동창회와 야유회를 한 번 같이 했다. 글 쓰는 몇 분들을 알고 지냈는데, 활동하고 있는 흥사단 행사장에 그분이 나오셨다. 마침 흥사단 워싱턴 지부에는 조대부고, 국민대, 영암 독천 출신으로 나와 같은 또래 회원 박대영이 있었다.

　그가 내게 꼭 소개시켜 드릴 분이 있다고 소개를 했다. 전라도라고만 해도 친척 같을 텐데 해남 출신이라고 서로 인사 소개를 시켜줘서 인사를 드렸더니 세상에나 방축리 출신으로 화산국민학교 7년 선배셨다. 성함은 박평일, 중학교부터 서울로 가셨기 때문에 화산에서 만났을 가능성은 거의 없었다.

사람이 만나면 서로 공통화제, 공통분모를 찾고, 그리고 거기에 꼬리에 꼬리를 연결한다. 명문 서울 경복고를 졸업하고 카츄사가 인연이 되셨던지 아주 젊은 시절에 도미하셔서 많은 비지니스 경험과 현재는 부동산 감정평가사로, 그리고 워싱턴 지역 서울대 동창회장을 지낸 원로로, 문필가로, 나와 막역하게 지내고 있다. 연정리 강연재·신재 집안과 친척이라고 하시는데 얼마 전에 강연재 현대그룹 상무 집안에 무슨 비보가 전해져 오기도 했다.

만나면 자연스럽게 마명리에 대해 60년 전 시간여행을 한다. 마명리 해일약국을 모르면 화산 사람이라고 할 수 없을 정도로 해일약국은 지리적으로 화산에서는 유명하다. 그 약사분이 친척이란다. 해일약국 사거리는 화산의 명동이자, 뉴욕의 맨해튼이다. 학교 교문을 내려와서 해일약국에서 화산이발소(주걱턱 김용채)를 끼고 오른쪽으로 돌면 해창, 명금, 신풍, 연곡, 봉저리로 가고, 면사무소 앞 황금당시계방을 지나 왼편의 화산약국과 오른쪽 개천 건너편 의용소방대 다리를 건너면 화산 철공소 삼거리가 나온다.

김상태 박사(전대 치대 1회, 부친이 예비군 중대장) 집 앞에서 관동, 선창, 가좌, 무학, 호동, 재동, 율동, 용덕, 월호, 연정리와 갈린다. 다시 해일약국 앞 기억이 가물하다. 마명리와 중앙리가 있는데 나는 지금도 구분을 못한다. 축구대회 때마다 이걸로 부정 선수 시비가 붙는다. 그 이야기는 나중에 따로 하기로 하겠다. 좌우지간 학교에서 직진하면 앞면 방향이다. 대각선 오른쪽 건너편에 금성여객 버스 정류장과 쌀집, 연탄 가게도 바로 옆에 있고, 그 옆으로 신라라사라고 근사한 멋쟁이 양복점이 있었다.

　시계로 10시 방향에는 시장통으로 들어가는 양편으로 롯데와 신세계에 버금가는 호화찬란했던 편리사와 부산상회가 나란히 있었다. 편리사는 박원·박승 형제의 집이고 박종래 씨가 운영했다. 그래서 어른들은 '종래점방'으로 불렀다. 세상의 모든 걸 갖고 있는 박승은 요즈음으로 치자면 '삼성의 이재용' 같아 보였다. 박종래 씨는 말이 없이 항상 웃는 낯으로 마치 KFC켄터키 치킨 할아버지처럼 우리들에게도 친절했다. 그 당시에 배웠던 사람이지만, 그 뜻을 온전히 펼치지 못했다는 어른들의 이야기를 귀동냥으로 들었다.

　바로 옆 가게는 부산상회이다. 왜 광주상회, 해남상회도 좋은데 이를 놔두고 부산상회라는 간판을 내걸었는지는 아직도 모른다. 편리사에는 없는 이불, 플라스틱 바가지 등도 팔았다. 그

집 아들은 박효승이다. 어느 날 전대 공대에 입학해서 부길리 박주오와 함께 캠퍼스에서 기쁘게 만났다. 항상 밝은 표정이다. 그는 졸업 후 금호그룹에 입사한 뒤 소식을 모른다.

편리사 골목이 종로라면 오른쪽 옆 골목은 을지로라고 해야할 것 같다. 그 초입에는 풀빵집이 하나 있었다. 붕어빵이 아니고 동그란 국화빵, 얼마나 먹고 싶었지만 그걸 사 먹을 수 있는 사람은 그리 많지 않았다. 그 빵집 아주머니가 보기 드문 미인이었다. 학생들은 학교가 파하면 5일장 장 보러 온 어머니들을 찾는 일이 큰 즐거움이었다. 물물교환 형태가 5일장이다. 쌀, 계란, 키우던 닭, 심지어 돼지 새끼까지 가지고 나와 그걸 팔아서 돈을 만들어 필요한 생필품들을 사고파는 장날인 것이다. 해거름이 다 되어서 팔 것은 팔고 필요한 것 살 때까지 어머니 뒤를 졸졸 따라다닌다.

오로지 그 풀빵 하나 사줄까를 기대하고…. 그러나 그런 바람은 '어서 집에 가서 밥 먹자, 고구마도 쪄놨다'는 그 한마디에 여지없이 무너져 내린다. 어느 날 지금도 눈에 선한 그 빵집 아주머니가 해일약국 사거리에서 버스 사고로 사망해서 너무나 무서웠던 기억이 생생하다. 그 아들이 길길이 뛰어다니던 일이 지금도 생각난다.

앞면으로 가는 길에 정미소와 목재소가 터 넓게 자리하고, 이어지는 오른쪽 길을 따라 가구와 문짝집들이 있고 왼편으로는 그릇, 옹기가게가 있었다. 장터 안으로 들어가면 꽤 넓은 공터가 있어서 우시장도 더러 섰다. 밤이 되면 빛바랜 천막을 빙 둘러치고 가설극장이 만들어서 시네마스코프 총천연색 영화로 시골 청춘남녀들의 애틋함을 녹여주었다.

학교에서 내려와서 해일약국을 끼고 왼편으로는 현산면, 완도 가는 길이다. 그러니까 부산상회 옆에 자전거포와 식당 하나를 지나면 여관과 우체국이 연이어 있었고, 우체국 건너편으로 승수네 식당, 병남이네 식당이 있다. 그 식당 뒤편에 김종택 선생님의 사택이 있어서 종택 선생님 막내 종율이와 몇 번 가본 적이 있다. 그리고 보면 조그만 곳에 있을 건 다 있고, 없을 건 없는 그 당시 어린 마음에 세상에서 가장 큰 도시가 해일약국 사거리였다. 실은 마명리도 행정구역상 방축리에 속해있다.

화산 축구의 신동

남자들 모임에 군대, 축구 이야기 빼면 할 말이 거의 없다고
할 때도 있었다. 윤재백. 그는 3년 선배로 기억한다. 오토바이라
는 별명처럼 단거리 달리기를 잘하였다. 앞서 언급했던 윤옥하
선생님의 장남이다. 이분도 방축리다.

해마다 8.15가 다가오면 화산면는 연중에 가장 큰 행사이자
축구 잔치가 벌어지고 마을마다 준비가 부산하다. 광복을 맞은
기념일을 그렇게 했던가 보더라. 봄가을 국민학교 운동회는 남
교, 삼화교가 빠진 행사인데 반해 이 축구대회는 해창부터 안정
리 앞 상·중·하마도 섬마을까지 모두 모였다. 거기다가 5일 화
산 장날까지 겹친다. 추산해 보건데 2만 명이 넘는 화산면민의
큰 잔칫날이다. 월드컵 대회만큼이나 설레고 기다려진다.

전통적인 최강은 단연 이상흠의 연곡리이다. 아마도 우승 기
록을 살펴봐도 확연할 것이다. 화산면의 브라질이다. 빼어난 스
타플레이어, 넓은 선수층이 강점이다. 연곡과 봉저리는 행정구
역으로는 같은 마을이다. 강원일, 이상철, 박재풍, 이봉철, 강서
구, 한때를 풍미했던 스타플레이어들이다. 아마 동네가 커서 인
구가 많았고, 썰물이 되면 넓은 갯벌이 운동장처럼 변한다, 천

혜의 놀이터가 생긴 것이다. 물론 학교가 멀어서 평소 등·하교 때 근력운동도 도움이 되었을 것이다. 돌아가신 아버님이 육군의 5군단 대표 축구선수여서 축구로 군 생활을 하셨다는 말씀 하셨다. 아주 어렸을 때 축구하는 모습이 어렴풋하다. 그래서 축구 잘하는 김종택 선생님과도 잘 아시는 듯했다. 연곡의 2진 그룹도 어지간하면 8강까지 간다.

보통 축구대회는 30여 팀이 출전해 이틀에 걸쳐서 하는데 결승전은 해가 어둑해져야 끝난다. 부정 선수 시비는 항상 결승전에서 제기되고 시끄러웠다. 연곡과 우승을 겨루는 맞수는 흑석리가 낀 '앞면팀', 그리고 중앙리, 해창·관동 정도가 단골이다. 앞면하면 보통 남교학군을 일컬었다. 흑석리, 안정리, 중정리, 대지리, 솔평리, 평발리 등을 칭하는데, 그 쪽 분들은 구분하겠지만 지금도 어디가 어딘지 구분을 못한다. 그러니 탈락한 팀에서 잘하는 선수를 옷만 바꿔서 또 출전시킨다.

서창열의 해창도 마찬가지다. 축구 잘하는 박주성이 있었다. 해창에는 일제 때 수탈해 모은 화산면민의 피와 눈물의 곡물창고가 있다. 거기서 공출한 곡물을 일본으로 실어 날랐다. 2층짜리 화려한 일본 적산가옥이 있었다. 별 느낌도 모르고 그 집 정원을 구경하곤 했다. 영구 고모님이 관동에도 계시고 해창에도 살아서 같이 가끔 가곤했다. 유명한 종돈(수돼지)이 있어서 아버지와 온종일 거기까지 씨받이 암놈을 걸려서 다니기도 했다.

　박석일의 시등리는 원래 삼산면이다. 그런데 원진리까지 삼화교 학군이다. 삼산+화산=삼화초등학교, 그러니 해창도 부정선수(?)를 구분하기 쉽지 않다. 관동은 대체로 큰 마을임에도 사람들이 온순했다. 한웅, 김윤식이 있었던 선창리(현인의 '선창' 생각하면 연상된다)도 온순했다. 중앙리를 제외하면 대체로 원거리의 큰 마을이 축구를 잘했다. 매일매일 마라톤을 하면서 등하교를 해서 하체가 튼튼했다는 나름의 분석도 설득력이 있다.

　화산중학교 축구부 부흥기는 아무래도 국가대표 육상선수(?) 출신인 한상국 체육선생의 부임 이후였다. 이 선생님에 대한 또 다른 풍문은 여기서 생략키로 한다. 호랑이 선생, 스파르타 훈련, 우리 20회 동기들이 주축이었다. 동창 중에는 김문용, 채수준, 박재풍, 김창식, 윤기현, 윤재능, 골기퍼 이봉철이 뛰었다. 주로 덩치와 주력을 최우선으로 선발했던 듯하다. 화산면의 이회택, 정강지, 박이천, 이세연이었다.

　광주로 고등학교를 갔는데 모교인 기계공고 축구팀도 1975년에 전국 우승을 했다. 서울 동대문운동장까지 응원을 갔었다. 당시 감독이 박종환 감독이었다. 그는 이후 서울시청 감독, 국가대표팀 감독으로 멕시코 청소년 4강을 이뤘다. 이때 후보 골키퍼가 기영옥, 그의 아들은 요즈음 핫한 기성용, 기영옥은 사

대체육과를 졸업하고 금호고 체육선생 겸 축구 감독이 된다. 금호고 축구 전성기를 만든다. 광양제철고로 가서 아들 기성용 등을 키워 광양제철고도 우승시킨다. 기성용이 국가 대표, 영국 프리미어리그, 한혜진과 결혼 그 이후는 널리 알려져 있다.

1970년대. 전두환, 광주의 5월 이전 대학의 5월 축제는 그렇게까지 감시통제가 심하지 않았다. 전남대학교 캠퍼스 단과대 축구대회에서 윤재백(방축), 이상철(연곡), 기영옥을 한자리에서 만났다. 재백 형이 원래 3년 선배였는데 대학은 2년 선배였다. 이상철의 황금기였다. 연고대를 갔으면 선수로 성공했을텐데…. 이상철의 연곡리는 근 10년간 난공불락 적수가 없었다. 해남군의 메시였다.

화산의 주먹

'광주에 가면 우짜든지 깡패 조심하거라.' 지금은 시외버스 정류장이 옥천 넘어가는 우슬재 아래로 옮겨갔지만, 그때는 해남 읍내 군청 앞에 정류장이 있었다. 자취하면서 먹을 쌀마대와 김치동이를 장흥여객 직통(여비가 비싼 광주여객 직행 대신)에 실어주면서 마지막까지 귓전에 실어주시던 어머니 대구시댁(대지리댁)의 목소리가 지금도 쟁쟁하다.

남자애들은 태어나면서부터 경쟁에서 이기는 것이 하나의 로망이자 숙명이다. 그게 여자들과 약간 다르다. 나이 60이 넘었는데도 지금도 동창, 친구들과 키재기를 하는 사람들이 있는 것이 그것을 증명한다. 그 수단으로 되는 공부나 돈은 한참 후의 일이다. 주먹과 깡다구 싸움이 그 첫 번째다. 싸움 잘하는 요건에 신체적 조건은 필수다. 그래서 키 큰 친구들은 한 뼘 미리 먹고 들어간다. 학교 가기 훨씬 이전에 마을에서부터 그 서열은 자기도 모르게 정해진다. 다큐멘터리 '동물의 세계'와 거의 같다고 생각하면 된다. 지금은 거부가 된 북평면 이진리 출신으로 로스앤젤레스 사시는 김경재 회장이 같은 해남 출신이라고 끔찍이나 나를 이뻐해 주신다.

"Mr kang 자네 송산리 황〇하라고 아는가?" "황광하, 황경하는 아는데, 돌림자로 보면 그들의 형뻘 되겠네요." "말도 마소, 조대부고에 같이 다니는데 가방에 도끼를 갖고 다녔네! 그래서 나는 서울로 도망치듯 전학해야 했어." 그 시절에 벌써부터 대도시 광주 바닥을 누볐던 화산주먹이 있었나 보다. 내가 속으로 볼 때는 김 회장님도 첫눈에 그쪽 족보가 있어 보였다. 어렸을 때 주먹 하면 월호리 박 모 씨가 떠오른다. 작달막한 키에 귀가 레슬링선수들처럼 눌러붙어버렸다. 두상도 크고 유난히 리치도 짧은데도 그 시절에 복싱(권투)를 했다고 한다. 마명리에서 보면 항상 혼자가 아니다. 옆에 친구인지 똘마니인지 두세 명이 함께 다녔다. 사람들이 슬슬 피해 다녔다. 남자애들의 우상이자 영웅이었다. 그런 주먹도 가좌리 사는 재야고수 김 아무개에게 깨져버렸다는 이야기를 들은 듯도 하다.

세상은 항상 변한다는 무상함을 느끼게 하는 일이었다. 어려서 키 작고 깡도 없고 형도 없던 나는 남의 눈을 피해 다니기 바빴다. 그저 그런 일들에 호기심만 많았다. 형 있는 친구들이 부러웠던 어린 추억이다. 지금은 학령이라는 게 있지만 그 당시에는 9세에 입학하는 학생도 많았다. 어느 학급에나 유달리 키가 큰 '걸리버 거인'들이 있었다. 키 큰 유전자도 있겠지만 따지고 보면 또래가 아니다. 많게는 두세 살 위다.

중학교 진학을 못 한 용덕리에 이삼수가 있었다. 선생님들과 키가 같았다. 우리보다 2살이 위였던 듯하다. 그런데도 참 온순했다. 초등학교 때 보았던 중학교 선배들은 키가 엄청 컸다. 한참 크는 나이어서도 그랬지만, 규율부 선배들은 기린처럼 커 보였다. 중학교에 입학하니 무학리 김용재가 짱이었다. 나팔바지로 휘적휘적 쓸고 다녔는데 어느 날 그 나팔바지를 선생님이 가위로 잘라버려서 거의 치마처럼 너풀거린 걸 본 적도 있다. 아주 지앙스러웠다.

꿈에 그리던 정다운 마을

3시간짜리 '늑대와 함께 춤을'이란 영화를 보기 위해서 지방에서도 미리 예매를 해야 할 지경이었다. 케빈 코스트너가 주연한 이 영화는 아카데미 영화상 7개 부문을 휩쓴다. 엊그제 같은데 1990년, 벌써 30년이 지났다. 시애틀에서 9개월 동안 머물다가 이민 스폰서가 있는 매릴랜드까지 미대륙을 동서로 약 4,000km를 지나다 보면 중간에 사우스다코다주를 통과한다. 이곳의 인디언 마을이 영화의 배경이다.

주인공은 자연의 대척점이자 정복자인 군인이지만 자연에 순화되어 '늑대와 춤을 추는 장면'을 본 인디언들이 그에게 붙여 준 이름이었다. 기억나는 이름 중에는 '주먹 쥐고 일어서서'도 있었다. 미국의 지명에는 유난히 인디언 마을 이름들이 많다. 또 동네 고샅 길이름도 아주 편하고 알기 쉬운 걸로 마구 지었다는 느낌을 받는다. 조그만 화산 우리 동네에도 그와 비슷한 이름들이 많았다. 우선 마을 이름부터 살펴보자. 아직도 왜 마명리, 중앙리의 행정구역이 방축리로 되어 있는지 모른다. 찾아보니 화산면의 행정구역 마을은 15개다. 그 이름들은 아래와 같다.

- **해창리(海倉里)** : 원래부터 창고가 있었던 모양이다. 바닷물이 어성교까지 들어왔지만 좀 더 큰 배가 정박하기에는 해창이 나았을 듯하다. 고흥에도 해창만이 있는 걸 보면 해창이라는 마을 이름은 여러 곳에 있을 듯하다.

- **금풍리(金豊里)** : 신풍리 뒷산을 굽이 돌아보면 금광굴의 흔적이 남아있다. 일제때 금을 캤다는 기록도 있다. 마을 이름이 거기에서 유래한 듯하다.

- **연곡리(蓮谷里)** : 연방죽이 있었을 법하기는 하다. 봉저(峰低)리는 산아래 마을.

- **율동리(栗洞里)** : 밤나무골이다. 실제로는 대나무 숲이 울창하다. 용덕리를 포함.

- **가좌리(可座里)** : 무학리.

- **관동리(關東里)** : 해 뜨는 동네, 화산의 맨 동쪽 마을, 원래 섬이었던 경도리, 선창리.

- **월호리(月湖里)** : 재동, 호동리를 포함해서 위치상으로는 화산면의 한복판이다.

- **연정리(蓮井里)** : 연꽃과 우물, 그러고 보니 동네 앞에 연꽃 방죽이 있었다.

- **방축리(方丑里)** : 상세 내용은 뒤에서 다루겠음. 마명리, 중앙리, 석전리, 가장리 포함.

- **부길리(富吉里) :** 이름이 부하고 길하다. 갑길리 이름도 좋다.
- **송산리(松山里) :** 전통적으로 소나무가 성성했던 듯하다. 은산리, 탄 동리, 시목리, 주천리를 포함.
- **삼마리(三馬里) :** 3개 섬 상마, 중마, 하마리.
- **석호리(石湖里) :** 흑석리, 사포리.
- **안호리(安湖里) :** 안정리, 중정리, 대지리.
- **평호리(平湖里) :** 평발리, 송평리, 석호, 안호, 평호 앞면 전체를 '삼호' 라고 통칭해서 불렀다.

화산면 봉저리 전경. 동네 한가운데 무채색 집이 필자의 생가터이다. 저 뒷산이 제일 높은 줄 알고 어린 시절을 보냈다.

　모르는 동네 이름은 없다. 여기에 '자연부락'이 있고, 그 자연 부락보다 작은 초미니 마을들이 마을과 마을 사이에 있다. 시등 리는 삼산면 원진리의 자연부락으로 알고 있다. 해창부터 화산면이다. '둔주포'라는 마을 이름을 아는 사람은 많지 않을 듯하다. 명금리와 해창 중간쯤에 젓갈배들이 닿는 곳이 있었다. 해창의 위성마을쯤으로 생각된다. 명금리와 신풍리를 합해서 어른들은 금풍리라고 부른다. 실제로는 1킬로 이상 떨어져 있는 독립 마을이다. 앞에 설명했듯이 연곡리 봉저부락으로 불렸지만 55세대에 최대 약 400명의 부락민이 살던 필자의 고향마을이다. 그러고 보면 이상흠의 연곡리는 1,000여 명도 넘었을 듯하다.

용덕리는 규모가 더 큰데도 율동(밤나무 골)이 행정 부락이다. 봉저리와 용덕리 사이에 저수지(봉화제)가 있었고, 저수지 옆에 용덕리 위성 미니마을 '밤골'이 있었다. 이태균, 천승빈(?) 등 10여 가구가 있었다. 가좌리에서 바닷가를 가려면 '입암' 부락을 지나야 한다. 이모님이 거기에 사셔서 자주 다녔다. 김기호, 김기상이 이종사촌이다. 그 길 끝을 '건진머리'라고 부르는데 서너 채의 집이 살았다. 무학리 대월산 아래쪽이고, 어머니가 한겨울 추위에 석화를 따러 다니셨던 곳이다.

가좌리와 무학리가 학교길 만나는 곳을 '사거리'라고 했고, 거기에 학교를 세웠으니, 초기에 서교를 '사거리 분교'또는 '가좌 분교'로 불렀던 듯하다. 선창리는 면소재지와 가까운데도 큰마을 관동리에 속했다. 광주에서 선창리 김남식과 몇 번 만났다.

먼 친척 간이기도 한 그는 굉장히 짜임새와 내공이 있어 보이고 풍상 많은 건설업계에서 내실 있어 보였다. 관동 앞에는 '경도' 라는 곳이 있다. 원래 섬이었던 듯하다. 관동 앞 방조제를 막은 뒤로 육지가 된 곳, 동창 여학생 이름이 가물가물한다. 선창리 도 강과 바다가 만나는 곳이어서 이름이 지어졌을 것으로 생각 된다.

재동과 호동은 월호리에 속한다. 재동의 제각(祭閣) 있는 곳을 '해미동'이라고 불렀다. 왜 그랬는지는 '늑대와 춤을'처럼 작명했을 것이다. 호동리 뒷산은 용덕리 윤씨 문중산 산지기로 '윤정하 씨 가족'이 외딴집에 살았다. 건너편에 공동묘지도 있었는데 그 산골에서…. 외딴집은 거의 개를 한두 마리씩 꼭 키웠다. 그럴 이유는 충분히 짐작한다. 그래서였든지 얼마나 사납고 으르렁거리는지 집 근처 길을 두고 돌아다녀야 했다. 어렸을 때 우리 동네 김행배(외딴집)네 개에게 물려서 치료한다고 어머니가 그 개 꼬리털을 잘라 와서 태운 뒤 그 태운 재를 물린 종아리에 발라주셨다. 그런 뒤로 dog pfobia(개 공포증)가 생겨서 지금도 약간 개를 멀리한다.

호동리에는 재미있었던 까불이(?) 김경영이 살고 있었고, 길 건너편에 완도 백일도에서 육지 외갓집(호동)으로 건너 이춘택이 5학년 때 전학을 왔다. 영일이 새로 전학 온 이춘택이 공부를 잘할까봐 잔뜩 긴장했는데, 막상 까놓고 보니 춘택은 공부는 좀 그랬다. 세상 심성 좋은 친구였다. 나와 짝궁이 되었다. 이춘택과 그때 나누었던 외삼촌 내외에 대한 야한(?) 이야기는 아직까지도 비밀이다.

월호리와 중학교 사이에는 화산면 최초(?)의 교회가 있었다. 그런데 그 교회는 소재가 연정리였다. 물론 화산중학교도 연정리 소재다. 어느 날 그 교회 소속 대학생 몇 명이 농촌봉사활동으로 동네에 1주일간 다녀갔다. 부르던 찬송가 구절이 지금도 어렴풋하다. 눈 내리는 크리스마스에 교회를 다녀왔던 기억은 평생 잊지 못할 것이다.

연화제 저수지가 생기기 이전에는 고인돌 마을 석정리(검덕굴)와 연정리는 직선거리로 그리 멀지 않았을 것이다. 그 중간에도 마을이 있었을 것인데, 댐이 생기자 그 마을 떠나지 못하고 산 위쪽으로 이사를 해서 '상계동'이라고 세 집이 살았다. 전남대 국문과 후배 유양식의 고향집이다. 모두 연정리이다. 그리고 검덕굴에는 화산면 우체부 항상 다정했던 우체부 최 씨 아저씨가 계셨다. 동네에 내려갈 때면 아버지께 세세년년 내 성적표를 전해 주시면서 각 동네의 구석구석 사정을 꿰뚫고 계시는 분이다. 그분의 아들이 서울 성동구 민주당 재선의원을 지낸 최재천 의원이다. 전대 법대 후배지만 내가 졸업한 후에

학교를 다녔던 지 학창 때 같이 다녔던 기억은 없다. 면 소재지로 마명리, 중앙리가 버젓한데도 방축리가 마명, 중앙, 석전, 가장리를 어우르는 마을로 등재 되었을까. 여기서부터는 순 필자의 상상이다.

화산면 최초의 동네

화산면 최초의 마을은 어디였을까? 이 글을 쓰기 전까지는 이런 걸 미처 생각해 보지도 않았다. 결론부터 말하자면 방축리가 아니었을까, 그럴 가능성이 매우 크다고 생각한다. 일반적으로 고고학에서 말하는 주거지역 생성 조건은 물과 평야다. 바닷가인 관동이나 해창, 송평리가 될 수도 있겠으나 방축리도 그런 배경이 충분하다. 선은산 아래로 넓게 퍼져있는 구릉과 평야의 한가운데에 방축리가 있다. 석정리(검덕굴) 삼봉산에서부터 연화제를 타고 내려오는 냇가도 제법 컸을 것이고, 관동 간척지를 막기 이전에는 방축리 옆 가장리 언저리까지 바닷물이 들어와서 해산물도 가까이서 구할 수 있었던 곳이다.

그래서 화산면 본정통하면 '해일약국' 2층 건물이라고 할 수 있듯이 방축리는 신석기시대부터 화산면의 요충지였을 거라는 것은 고고학까지 갈 필요도 없어 보인다. 석정리에 고인돌 무덤 또한 방축리에 터를 잡았던 부족장들의 무덤이었을 것이라는 추측은 충분한 설득력이 있다. 선은산 자락에도 고인돌 무덤들이 산재해 있다는 이야기를 들은 적이 있다. 마명리는 언제부터 화산면의 중심 소재지가 되었을까. 벌써 짐작하겠지만, 교통과 아주 밀접하다. 이름부터가 그렇다. 마명(馬鳴), 말이 우는 곳, 그 마을이 마명리다. 그 옛날 이동 수단의 최고는 말이었고, 그 말들이 머물면서 자연스럽게 생긴 마을이 마명리인 것이다.

해남 읍내에서 완도를 가는 가장 지름길은 삼산면 대흥사 두륜봉을 넘어가는 길이다. 그러나 지금도 그렇지만 그 시절에 그것은 거의 불가능하다. 조금 더 가능성이 있는 것이 검덕굴에서 해창 넘어가는 너붓재에서 곧바로 현산면 구시리로 넘는 길인데 그것마저도 그럴 경제성이 필요하지도 않았을 것이다. 지금은 그곳에 터널이 뚫렸다고 들었다.

그래서 자연스럽게 삼봉산과 화산국교 뒷산을 끼고 도는 지금의 국도와 방축리가 만나는 교통요지 삼거리가 마명리 해일약국 앞이 되었던 것이다. 삼거리에 주막이 생기고, 상거래가 형성되니 자연스럽게 방축리 분들이 마명리의 실력자가 되고 화산면의 '주류'가 된 것이다. 방축리 박 씨들은 한양에서 귀양온 양반들의 후예라는 말이 있다.

이제 앞면 쪽으로 건너가야 되겠는데 솔직히 잘 모른다. 한 번도 가보지 않았던 마을들이 많다. 외갓집(대지리) 갈 때 지나가면서 멀리서만 바라봤던 터라 지난번 서술 이상은 무리다. 적당히 아는 체 했다가는 안 될 듯하다. 양해를 바란다. 그런데 여기서 한 가지 의문이 생긴다. 앞면 뒷면을 나누었던 기준이 그

것이다. 앞면과 뒷면을 어떤 기준으로 나누었을까? 배산임수의 풍수에 따르자면 앞면과 뒷면의 경계는 방축리와 월호리 사이를 흐르던 냇가다. 그럼 방축리나 마명리에서 바라보자면 연정리, 월호리 쪽이 앞면이고, 송산리 쪽이 뒷면이 되어야 맞겠는데 현실은 그 반대다.

도무지 이해가 안 된다. 결국 견강부회(牽强附會)할 수밖에 없는 것은 방축리나 마명리의 주택구조에서 찾을 수밖에 없다. 마명리 집들은 대체로 남향인 선은산을 바라보고 집을 짓는다. 방축리 집들은 자세히 보지 않아서 잘 모르겠다. 사람들마다 아침에 눈 뜨고 일어나면 앞쪽은 송산리 방향이요, 뒤쪽은 연곡 방향이 된다. 그런 일들이 일상생활이 되다 보니 서울을 기준으로 보나 해남읍을 기준으로 하더라도 연곡, 해창리가 앞면이 되고, 흑석리 방축리가 뒷면이 되는 게 맞을텐데도 마명리(방축리) 맘대로(?) 작명한 것이다.

이 글을 쓰면서 우리들의 '동네 고샅이름'들에도 '늑대와 함께 춤을' 식으로 작명한 것들이 고스란히 남아있다는 걸 새삼 알게 되었다. 보통 동네 가운데 도랑이나 길을 가운데 두고 동네 구역을 가른다. 동서로, 남북으로, 또는 위아래 동네로, 연곡은 '웃게, 아랫게', 봉저리는 '서쪽, 동쪽' 그렇게 불렀다. 그런가 하면 동네를 둘러싸고 있는 지명은 써 놓고 보면 무슨 의미라기보다는 소리에 가깝다. 그 마을 사람들만 알수 있는, 배골, 감골, 사릿골은 양반이다.

부모님 산소, 화산면 봉저리 서재의 밭에 두 분을 모셨다. 오른편에 어머님
(2007), 왼편에 아버님(2014)이 계신다.

　어디 지명에 있을 리도 없고, 현재 사는 분들에게 물어보지
않으면 기억도 생각도 나지 않는 그런 아주 조그만 토속지명들
이 그것이다. 봉저리 조그만 동네에도 그런 게 많다. 웃쌩키, 전
지라테, 새마레(샘아래), 웃굴, 웃사장, 삼바테(삼밭) 보리밭굴
등 누가 작명을 그렇게 했을지는 아무도 모른다. 거기에 사는
소중한 그분들의 젖무덤 같은 이름들이다. 우리 어머니 아버지
도 그토록 생전에 발이 닳게 다니셨던 '서재' 밭에 누워계신다.
한국에 나가면 항상 들르는 곳이다. 그리고 내 생전에 묘역에
대한 정리를 해둬야겠다는 생각이 이 글을 쓰면서 든다. 나이
들어감이 무게로 다가온다.

국민교육헌장 선포식

다시 초등학교 5학년으로 되돌아가 보자. '1968년, 올해는 건설의 해다.' 가뭄이 심했던 그해 나라에서는 노래까지 만들어 부르게 했다. 그보다 1968년을 기억나게 만든 일은 따로 있다. 어느 날 김종택 선생님이 점심시간 후에 시험지 같은 것을 나눠 주면서 외우라고 했다. 먼저 다 외우는 사람부터 집에 보낸다면서 나가셨다.

"우리는 민족중흥의 역사적 사명을 띠고…… 1968.12.5 대통령 박정희." 정확히 194글자다. 이걸 외워야 집에 간다. 2시간 만에 외웠다. "다 외운 사람 나와서 발표해라." 누군가 씩씩하게 앞으로 나가더니 조금 외우다가 탈락, 또 누구도 빠꾸, 숫기 없던 난 아무도 나가지 않자 어찌해서 겨우 3번 타자로 나섰는데 통과했다. 그런다고 혼자 집에 가기도 그렇고 밖에서 강아지풀 가지고 한참을 놀다가 보니 모두 한꺼번에 나온다. 외우는 걸 숙제로 돌리니까 모두 한꺼번에 하교할 수 있었다. 그때 외웠던 게 그대로 1972년 유신 선포로 이어지고 대학에 가서도 갈봉근의 '유신헌법'을 공부해야 했다. 국민학교 입학해서 대학 때까지 대통령은 박정희 한사람 뿐이었던 슬픈 흑역사였다.

그 며칠 후 화산중학교 선배들이 교복을 입고, 대형태극기, 교기를 앞세우고 4열 종대로 하나, 둘 복창을 하면서 국민학교 운동장으로 들어서니 장관이었다. 맨 앞줄에 기수들은 얼마나 키가 큰지 '우~와' 처음 보는 열병식, 나란히 줄 서 있기만 해도 우쭐했다. 면장, 지서장, 우체국장, 농협장 등이 앞에 서서 내려다보는 가운데 '화산면 국민교육헌장 선포식'을 그렇게 하라고 했던가 보더라.

또한 '1·21 김신조의 청와대 습격 사건'과 삼척·울진 무장 공비 출몰들로 어수선했던 시기였으니 이해는 한다. 가끔 북한에서 어린 학생들이 집단체조를 하는 걸 보면 좀 싸한 생각을 하게 되는데 그걸 우리들도 정도는 다르지만 해왔던 것이다. 그 박정희 대통령의 아들 박지만이 같은 학년이었다. 꼭 그래서 그랬을까만 우리는 유난히 교육 아바타처럼 교육제도 변경이 많았다. 그 때문에 그랬다고들 했다. 중학교 무시험, 한자 수업 폐지, 그러니까 중 2~고2까지 가장 중요한 시기에 한문을 통째로 못 배운 불운한 세대다.

그의 아들 박지만은 37기로 육사에 간다. 공관 갑질 박찬주, 얼마 전 검찰 조사 중 건물에서 투신한 기무사령관 이재수, 추미애 아들 병역 관련 망언을 일삼던 신원식 국민의힘 의원이 박지만의 동기다. 어찌된 영문인지, 분명 초등학교 때 선배였었는데 중학교에서 같은 학년으로 만나서 동창이 된 친구들이 있다. 당초 9살에 국민학교를 입학하거나 8살에 입학했다가 졸업 후 중학교에 입학하거나 매한가지지만 나 경우로만 보자면 말은 습관적으로 서로 편하게 놓고 지내는 사이지만 지금도 마음으로는 국민학교는 1년 선배님들이다.

그러니 모두 키도 크고, 공부도 잘했다. 이봉철, 박재풍(연곡), 채수준(탄동), 김문용, 이현식(관동), 서창렬(해창), 이순철(시목), 윤재왕(은산), 그리고 남교 출신들도 임윤택, 명영호 등 몇 명 기억이 있다. 여학생도 있었을 것인데 잘 모르겠다. 나이 70이 다 된 지금에는 10년 벗도 한다는데 오뉴월 하룻볕 차이가 컸다. 확실히 차이가 있었던 그 시절 추억이다.

화산 사람들

'시험과 감사는 귀신도 싫어한다'는 말이 있다. 기는 놈 위에 뛰는 놈, 뛰는 놈 위에 나는 놈이 있다. 공부라는 것이 노력한다고 되는 게 아니라는 걸 알 때가 되니 죽을 날이 멀지 않았다. 율동의 윤영일은 그런 의미에서 공부로써는 나에게 넘사벽이었다. 그를 따라 하고 그를 닮고자 했던 게 어린 나의 정신세계를 지배했었다. 나만 그런 것도 아니었을 것이다.

나는 그때나 지금이나 성취욕이나 경쟁심은 있으나 그걸 시기나 질투로 발전시키는 일은 거의 없었다. 체력적인 한계였던지 핑계였던지 중학교 때까지는 300명 중에서 10등 했던 것이 최고 성적이었다. 주로 10~20등 사이에 위치해 있었기 때문에 초등학교 때부터 맨날 1등을 도맡다시피 했던 옆동네 율동의 윤영일은 우리 어머니에게는 항상 로망이었다.

윤영일 어머님의 교육열은 대단했었던 듯하다. 모두 알고 있듯이 그는 고등학교를 서울의 마포고로 진학하여 성균관대 법대를 졸업한 뒤에 행시를 합격하여 재무부 이재과에서 공직을 시작한 뒤 이재국장, 감사원 국장, 유엔파견 근무, 해남·진도 국회의원을 역임했다. 마음으로 응원했고, 지금도 한국에 갈 때마다 박성수와 함께 안부를 나누고 있다. 이 땅에 나서 동창으로 친구로 보낸 세월에 감사한다.

6남매(왼쪽부터 바로 아래 여동생, 강동구 의사, 강율구 막내, 필자, 손위 누님, 막내)

광주에 진학을 하고서부터 외부 환경, 즉 세상은 넓고 또한 잘나고 똑똑한 사람들이 층층시하 널려 있다는 걸 깨닫게 된 뒤부터 나는 자연스럽게 고향 마을과는 다른 세계에 적응해 가기 시작했다. 초등학교, 중학 때 친구들은 그 시절의 조그맣고 순한 나를 기억할 것이지만, 고등학교 이후 전혀 달라진 나의 모습을 기억하지 못할 수도 있을 것이다. 정작 나는 변한 게 없는데 가족들을 포함해서 완전히 달라지고 있는 나를 대하는 걸 보고 오히려 내가 더 놀란다.

어머님이 돌아가실 때까지(2007년) 부모님이 살았던 필자의 생가터. 새 입주자가 성주를 해서 전혀 낯설기만 하다. 그나마 집 방향은 같아서 토방에서 고천암을 바라보던 때를 생각나게 한다. 집 뒤로 사장나무가 보인다.

그것은 우리 가족 전체에게 많은 변화의 단초가 되었다고 생각된다. 누님은 동생들이 많다고 중학교도 부모님들이 권유했다기보다 본인이 먼저 입학 수속을 밟는 바람에 나중에야 하는 수 없이 보낼 수밖에 없게 되었다. 고등학교 진학을 했더라면 하는 아쉬움을 항상 갖고 살았다. 내 밑으로 동생들이 시골 학교에서 줄줄이 학교성적 면에서 두각을 보이는 것을 화산 집에 내려가면 알 수가 있었다. 여동생 둘이 2년 터울로 광주에 합류하고, 교육대 4년을 나란히 마쳤다. 평생 교직에 있다가 이제는 은퇴했다.

남동생은 아주 뛰어났다. 중학교에서 최상위권에 있다가 광주로 고등학교에 진학해서도 결코 밀리지 않았다. 우리 집안에서도 서울대생을 배출할 수 있겠구나 기대를 갖기에 충분했다.

서울공대에 2번 도전했다가 실패하고 후기 의과대학에 진학해서 성형외과 의사가 되었다. 자질로만 보면 아쉬움이 가장 큰 동생이다. 막둥이는 대기만성형임을 한참 후에야 알았다. 어려서부터 보폭과 생각이 남달랐다. 어머니로 보면 만산인데도 다른 형제들과는 달리 신체가 건장했다. 활기가 너무 왕성하여 내적 에너지를 너무 억제하게 해서 기량을 충분하게 살려주지 못한 게 걸렸지만, 나중에서야 스스로 입지를 세워 사회에 훌륭하게 공헌하고 있어서 든든하다. 어머니가 한사코 자식 자랑을 삼가하라고 하셨기에 멈추려 한다.

다시 방축리 이야기로 돌아오자. 어렸을 당시에는 미처 몰랐던 실력가들이 그 시골마을에 즐비했다. 해남읍은 물론이고 광주, 호남권도 넘어 서울에 내놓아도 손색이 없는 실력가들을 배출한 것이다. 한 집 건너 박사를 배출하고 교육자, 의사들이 넘쳐났다. 방축리, 송산리, 월호리에 사는 박씨일촌이 그들이다. 회사 생활이 한창이던 1990년대 중반 호남지역 본부의 회사 총괄과장을 하고 있을 때 관할지역에 금감원에서 감사가 나왔다. 감사는 귀신도 싫어한다고 모두에 밝혔듯이 모든 업무를 올스

톱하고 감사관에게만 집중해야 할 때였다. 그때 감사관으로 나온 분이 다름 아닌 방축리 출신 전남대 6년 선배인 박일수 금융감독원 과장이었다. 밖에서 볼 때는 모르겠지만 위세가 대단한 자리였다. 감사와 피감기관의 참모로 처음 만났다.

첫 만남이 그렇다 보니 당신은 자상하려 했을지 모르지만, 그 뒤 오래도록 내가 더 다가가지 못했던 것 같다. 전남대 법대를 나와 예금보험공사를 거쳐 금융감독원에 근무하고 있었다. 금감원 퇴직 후에 우리 회사 상임감사로 부임하여 인연을 이어 가게 되었다. IMF 시절 회사가 기울고 결국 금호그룹으로 회사가 팔려서 어수선하고 뒤숭숭할 때 오셨다.

반가워할 겨를도 없이 새로 부임한 사장과 나는 회사에서 소문날 정도로 사이가 최악으로 치달았을 때이다. 본사의 부장으로 승진하여 청운을 펼치려던 꿈은 건설회사 출신 사장 송기혁과 실무를 놓고 고성이 사장실 바깥까지 들릴 정도로 악화일로였다. 지금 돌이켜보니 내 문제로 상당히 곤란했을 것 같다는 생각을 한다. 한 번도 나의 어려움을 선배에게 토로해 본 적이 없었다. 물론 서운케 생각지도 않았다. 감사원의 윤영일과 다리 역할은 해드린 것으로 나의 역할은 했다. 몇 해 전에 돌아가셨다는 부고를 접했다.

윤영일

중학교 1학년 때의 일이다. 3학년 국어 수업 시작 전에 윤전하 선생님은 비장하게 학생들을 둘러본 뒤에 뭔가를 읽어 내려가기 시작했다. 그것은 어느 학생의 일기장이었다. 일기장 여기저기를 뒤적이면서 낭랑하게 읽어내려 가면서 "이런 학생이 우리 학교에 그것도 1학년에 다니고 있다는 것은 국어 선생으로서 대단히 놀랍고도 고마운 일이다"라고 하신다. 그리고 또 읽기를 반복한 다음에 학생들을 하나하나 일으켜 세워서 읽게 하시고 돌려보게 한 일이 있었다. 예상했겠지만 그 일기장의 주인공은 이제 갓 입학한 윤영일 1학년 학생이었다.

당시 3학년에 재학 중이던 누님(강향덕)이 집에 와서 들려준 이야기니까 과장됨이 없는 사실이라고 생각한다. 두루두루 그 일기장은 3학년 각 교실을 모두 공람이 된 뒤에도 그다음 주에는 2학년 교실들을 돌린 뒤에야 본인에게 되돌려진 일이 있었다. 일기 속의 내용은 물론이고 필체가 어찌나 좋던지 교무실의 선생님들도 놀라게 했던 일이 있었다.

여름방학의 시작은 이유 없이 즐거운 것이 대다수 학생의 공통된 감정이다. 그런데 왜 그렇게 신나던 여름방학 40일은 빨리 지나가는지 남아있는 방학이 아쉽기만 하다. 개학이 다가오면 좋은 점은 한참 자라나는 아동 시기이기 때문에 오랜만에 만나는 친구들이지만 그동안에 서로가 모르게 훌쩍 자라있었다. 변한 모습으로 만날 기대를 갖게 하는 것이다.

반면에 한꺼번에 밀린 방학 과제와 일기 쓰기 때문에 아주 고역스러웠다. 만들기, 그림 그리기, 붓글씨, 곤충채집 등 과목 마다 죄다 방학 숙제가 주어진다. 그중에서 매일매일 쓰는 일기는 처음 며칠만 쓰다가 한꺼번에 30일 치를 똑같은 내용으로 도배하기도 지겹다. '나는 아침에 일어나서 밥을 먹고 소 꼴 먹이려 뒷동네에 갔다. '거의 똑같이 반복되는 일상의 연속을 30개를 쓰는 것도 보통이 아닌데 꼬박꼬박 그날그날 날씨를 어떻게 기억해서 넣을 것이며, 내용에 따른 그림까지를 넣어야 하루 일기가 완성되는데 밀어두었던 것을 한꺼번에 해야 하니 개학이 다가오면 은근히 걱정이다.

거기에다 만들기, 곤충채집, 붓글씨, 그림 그리기 과제가 조막손으로 하루 이틀에 될 리가 없는 것이다. 틈틈이 해놓으라지만 그게 말처럼 쉽지 않다는 것은 모두 아는 사실이다. 어린이들 방학 숙제 없애기가 한참 후에 시행되었다는 소식을 접한 것은 다행이다.

그렇게 천신만고 끝에 이것저것 챙겨서 학교에 다시 가는 길은 어쨌든 신났다. 이윽고 교실에 도착해서 숙제 보따리를 풀어 놓고 과목별로 분류해서 선생님이 걷어가신다. 그중에서 우수 작품들은 교실 뒤 게시판에 걸어놓고 누가 누가 잘했나를 나눠 보는 것이다.

5학년 방학이 끝나고 나서의 일이다. 영일이 만들기 작품을 가져왔는데 또 한 번 우리 모두를 놀라게 했다. 보통은 수수깡으 로 집을 만들거나 진흙으로 자동차 모형을 만들어 가는 것이 보 통이었다. 그런데 영일은 거북모형을 가져왔다. 중학생들이 쓰 고 버린 잉크병이 있었다. 잉크가 흘리지 않도록 비스듬하게 누 워있어서 마치 조르조네의 '잠자는 비너스'와 같이 병뚜껑 부분 만 위로 살짝 올라가 있는 그런 잉크병에다 진흙으로 병 주변을 붙이고 난 뒤 거북모형을 몸통을 만들고 나서 무늬와 색칠한 것 만 해도 잘 만들었다고 할 텐데 병뚜껑에다 거북이 머리 부분을 만들어서 거북이의 몸체와 머리가 분리되기도 하고 다시 붙기도 하는 걸 보면서 얼마나 놀랐던지 구경했던 우리는 그 순간을 60 년이 지났는데도 또렷하게 추억하고 있다. 어떻게 말로 표현키 어려운 놀라움이었다. 그때 나는 천재의 대명사인 아인슈타인을 떠올렸었다. MS의 빌게이츠가 이랬을 듯싶기도 하였다.

그 작품은 교무실로 옮겨지고 나서도 폐품 활용, 독창성 부문 에서 전교 최우수상으로 선정되어 전시되었다. 박성수, 박동옥,

박동수와 나의 과제물은 우리 교실 뒤편에 게시되는 걸로 만족해야 했다.

어느 날 우리 동네 사는 바로 1년 위의 종록이 영일네 집에 심부름을 간다고 하기에 따라나섰다. 그는 영일의 고종사촌 간이었다. 그런데 공부하고는 거리가 멀지만, 달음질과 축구에 소질이 있었다. 그 좁은 신작로에서도 볼을 차면서 율동까지 내달렸다. 이윽고 윤기현의 집을 돌아서 도착한 영일의 집은 시골집으로도 작은 3칸짜리 처마가 낮은 초가집이었다. 부모님은 안 계시고 동생 영의, 영종과 3형제가 있다. 나중에 건너편의 반듯하고 큰 집으로 이사했다.

영일의 공부방에 호기심이 갔다. 짧은다리 앉은뱅이 책상에 가지런한 책꽂이며 특히 필통에 연필이 잘 깎여 정돈되어 있고, 비록 비료 포대 종이지만, 깔끔하게 헤진 곳이 없이 벽지가 단장되어 있다. 벽에는 수많은 상장이 빼곡히 걸려 있었다. 특이한 것은 학교에서 많이 봤던 '대한민국, 무궁화, 세종대왕' 등 습자지에 쓴 붓글씨들이 나란히 붙어있는 것을 보고 순간 '한석봉과 눈 감고 떡을 써는 어머니' 이야기가 떠올랐다. 그 어린 나이에도 손 글씨가 교과서 글씨체와 거의 같았다. 그래서 중학교 일기장 회람 때 전교생들이 거의 다 그의 필체를 보고 감탄했던 것이다.

여기까지는 몇 가지 에피소드에 불과하다. 그가 1980년대 초반에 행시에 패스해서 유명해진 것도 있지만 그 이전에 이미 그는 시골에서는 튀었었다. 당시의 화산면 출신 중에 1957년생을 중심으로 해서 위로 1954년생~1963년생까지는 이런 그의 에피소드를 직간접적으로 들어서 알고 있을 것으로 안다. 하물며 같은 동창들은 '윤영일과 동창'이라는 동질감이 세대 간의 잣대이자 울타리가 되었다고 생각된다. 적어도 그 연령대는 윤영일을 중심으로 동창, 윤영일의 2년 선배 또는 윤영일의 3년 후배 식으로 나이 구분의 기점(起點)이 된 것이다. 이제는 서로의 나이가 70이다. 세상의 알 것 모를 것, 잘 살고 못살고, 배우고 못배우고를 키재기 할 힘도 별로 남아있지 않을 나이다.

오랜 옛날에 철학자 소크라테스가 법대에서 사형을 당했다. 얼마나 할 말이 많았겠는가. 그의 제자가 사후에 그의 항변을 풀어서 변론함으로써 소크라테스는 오늘날까지 살아 있을 수 있었다. 윤영일은 현역(?)에서 한발 물러서 있지만 동창과 주변에 참으로 많은 대화를 하고 싶을지도 모른다. 곁에서 시간을 많이 갖지 못해 제한이 있지만 그를 대신하여 지면을 조금 할애했다.

앞서도 언급했다시피 나는 주류(Major)하고는 거리가 멀다. 화산 출신, 광주공업고등학교, 전남대학교, 광주 생활 등이 나의 이력이다. 이마저도 어디냐고 할지 모르겠지만, 어딘지 조금 부족하다. 그런 생각은 서울에 올라와서 보니 확연했다. 그렇다고 2류(Minor)를 탓하거나 불만을 가져보지는 않았다. 그런 한국에서의 생활을 청산하는 마당에 미국에서는 근본적으로 그런 조건을 만들지 않으려고 했다. 세계의 수도 워싱턴으로 거주지를 결정한 것이다.

아시다시피 워싱턴에는 매일 세계 각국의 정치와 외교, 통상이 이뤄지고 있고 또 각국의 정상을 비롯한 정관계 인사들의 교류와 방문이 하루가 멀다 하고 이루어진다. 조국의 리더로서 현지 한인 동포로서 서로의 필요에 따라 만남이 이뤄진다. 소위 고급 사교의 현장인 것이다. 한국 같으면 생각하지 못할 주류들과의 만남이 스스럼 없이 이루어지다 보니 소위 주류사회의 일부를 직관할 경우가 많다. 한 커플만 벗기면 그도 사람 나도 사람, 오히려 주위 눈치 의식하지 않고 편하게 말하고 먹고 마시고 하는 걸 동경(?)하기도 한다. 당연히 윤영일도 마찬가지일 거라는 걸 글로 써 말해주고 싶다.

어렸을 때부터 남달랐던 윤영일은 공직을 국방부 재정국에서 시작한다. 안 그래도 말, 행동이 조신했던 그가 기밀이 생명이고 일반인들과는 접촉면이 거의 없는 절간 같은 곳에서 공직을 시작한 것이다. 재정국 이재과에서 계속 근무하는가 싶더니 3

년 후 감사원으로 자리를 옮겨 UN 감사관, 감사원장 비서실장, 사회문화국장(4국장), 재정경제국장(1국장), 감사교육원장(1급)을 역임했으니 공직으로 보면 노른자위로만 승승장구한 셈이다. 본인의 처신, 노력과는 별개로 지켜보는 우리가 또는 주변이 말썽나지 않도록 지켜준 일면도 있었을 것이다. 그의 주변 친척, 층층의 동창, 지인들 중에는 이 지점에서 할 말이 진짜 많을지도 모른다. 인간적인 서운함도 있을 수 있을 것이다. 필자처럼 업무 특성을 고려하여 본인보다 더 철저하게 거리를 유지했던 수많은 동창, 친지도 있을 것이다.

필자가 금호의 부장으로 직장 퇴직이 거의 확정되고 나서 광화문에 있는 한정식에서 박일수(금감원, 방축리), 윤영일(감사원), 박성수(교보생명) 그리고 필자가 만났다. 이제 45세의 젊은 나이에 직장을 떠나야만 했던 나는 그 자리가 말할 수 없이 허허(虛虛)롭기만 했다. 식사 자리가 끝나고 쌀쌀한 경복궁 지하철 역사 앞에서 윤영일과 나는 북악산 너머의 빛나는 밤하늘만 응시하면서 말없이 서 있었다. 5분이 흐르고 10분을 그렇게 서로가 침묵할 수밖에 없었다. 인생에서 가장 값진 묵언(默言)의 순간이었다.

미국에 건너와서 가끔 안부가 궁금해서 박성수를 통해서 공직 퇴직 소식을 들었다. 2016년 정치에 뛰어든다는 말이 나돌

앉다. 모두에 얘기했듯이 그가 현실 정치인이기 때문에 조심스럽다. '정치'라는 것이 좋게 말해서 종합 학문이요 응용학문이라고들 하지만 정치의 세계는 손에 잡히지도 않고, 잡을 수도 없다. 뜻이 고결한가 하면 진흙탕 속이다. 내 뜻과 의지도 중요하다지만 그것만으로는 터무니가 없다. 전문가적 식견보다 돈이 더 빠를 수도 있는 곳이다.

　필자는 대학에 입학해서 시골 부모님과 가족들 생각해서 학업에만 집중했어도 진로가 불투명한 현실에서 거창하게 나만의 안위보다는 사회, 민족문제가 재빨리 곁에 달라붙었다. 임낙평이 대표적이다. 유양식 후배(상계동: 연화제 저수지 윗동네)도 비슷하다. 사회와 국가, 민족의 구조적 문제의 해결 노력이 소위 먹물 든 젊은이(지성)의 사명이라는 생각이 한 번 뿌리가 내리고 나면 나이 60이 넘어서도 쉬이 바뀌지 않는다. 제 앞길에는 소홀할 수밖에 없는 운명의 길을 걷게 되는 것이다. 때로는 논리와 행동, 생각의 불일치로 방황도 하지만 그런 번민이 '정치'의 토양이 되는 것은 자연스러운 것이다. 국민의 민주 의식, 정치의식이 많이 나아졌다고는 하지만 멀리서나마 윤영일의 장도를 마음속으로 응원했다. 농촌 지역 의원이 경운기 구입예산 확보가 더 중요하지만, 밭을 매고 있는 사람에게는 밭두렁에 같이 앉아서 마시는 막걸리 한잔이 훨씬 가깝다. 그게 정치의 일부다.

그는 두주무로(頭走無路)의 길을 달려왔다. 세세히 알려져 있지 않지만, 그도 필자처럼 주어진 조건 앞에서 수많은 한계를 겪었을 것이다. 어렸을 때의 그는 없는 길을 홀로 만들어서 앞으로 나갔다. 그리고 그의 능력 이상을 보여줄 만큼 보여주었다고 생각한다. 정치인의 변신은 또 다른 치수의 옷을 갈아입는 것처럼 당연하면서도 고도의 타이밍 예술이다. 민심이 그를 내세웠지만 나중에 들려오는 소식이 우울하기도 하였다. 선택의 고비 때마다 최상의 판단을 했겠지만 그리고 주변의 바람과 속내를 속 시원하게 털어놓고 싶은 마음은 짐작하겠으나 내가 아는 그는 그렇게 할 그가 아니다.

여기서부터는 다른 차원의 이야기이기 때문에 무겁다. 다른 기회가 주어진다면 기회를 보겠지만 여기서 시골에서 같이 자란 친구이자 동창 윤영일에 대한 추고(追考)를 아쉽지만 접고자 한다.

제4부

꽃뫼 동네 사방팔방

화산(花山)면은 한글로 풀어 쓰면 '꽃뫼'가 된다. 꽃동산인 것이다. 중국에도 유명한 같은 이름의 관광지가 있고 강원도 어딘가에도 있지만 땅끝에 있는 해남 화산에는 나의 선조, 가족, 친척, 친구들이 함께 자라고 뛰어놀며 꿈을 펼치던 어린 동심이 오롯이 남아있는 고향 땅이다. 나를 세상에 보내 준 어머니, 아버지가 편안히 쉬고 있는 곳, 꿈속에서도 잊을 수 없는 그곳을 헤아리기조차 가물가물하게 멀고 먼 미국 매릴랜드에서 기억을 더듬고 있는 이 순간이 꿈처럼 행복하다.

1963년 8살이 되어서 왼쪽 가슴에 콧물닦이용 손수건을 매달고 10리 고갯길을 넘어 처음 학교엘 갔다. 모든 게 신기하면서도 두려웠다. 처음으로 어머니가 없는 곳에서 시간표에 따라 스스로 고만고만한 검정 고무신을 찾아 신어야 했고, 낯모르는 아이들과 나란히 앉아 있어야 했다. 동네 아이들과도 서로 다른 반에 나뉘어 있어서 집에 돌아갈 일이 걱정이었다. 다행히 나이로는 세 살 위지만 한 학년 건너 3학년에 다니던 누나를 만나면 제일 반가웠다. 키 120cm 종종걸음으로 태산 같았던 보리밭굴 잔등을 어떻게 다녔을까.

고개를 가누기 힘들 정도로 허약했던 내가 집에 겨우겨우 돌아오면 어머니가 '고생했다'하고 바쁜 중에도 반겨 주었다. 1, 2, 3학년까지는 뭘 했는지 기억이 거의 없다. 그래도 꼬박꼬박 '학교는 가야 하는 곳' 정도로 무심하게 다녔던 듯싶다. 4학년이 되면서 무슨 생각과 계기가 있었는지 시험을 치면 반에서 2~3등을 했다. 왜 그랬는지는 지금도 모르겠다. 비로소 주변이 보이기 시작했던가 보다.

　문예부라고 하는 곳에서 교지(校紙)를 발행해서 교실 뒤편에 검정매듭 고리를 달아서 매달아 놓았다. 그 교지의 이름이 바로 '꽃뫼'(花山)이였던 기억이 난다. 60년 전 그 깨알 같은 기록들이 남아 있을리도 없을 테고 그때로 되돌아가기는 어려울지라도 만약 남아있다면 그걸 들여다본다는 생각만으로도 가슴이 벅차오른다. 다시금 그때로 되돌아가고 싶은 욕심으로 생각나는 대로 꿈속의 고향을 두루 둘러보려 한다.

당대 최고의 테크니션 김선진

그는 스물 칠팔 세쯤 되었고 말이 없지만, 항상 잔잔한 미소를 띤 얼굴이었다. 어른들은 그가 '해창 사람'이라고 했다. 그가 자전거를 타고 마을에 나타나면 여기저기서 그를 기다리는 사람들이 달려 나왔다. 그의 자전거 뒤에는 항상 몇 개의 노란 스피커통과 검은 전선줄, 그리고 공구함에 신기한 것들이 가득했다.

초등학교 1, 2학년 때로 기억되니까 아마도 1963년 무렵이다. 60년 전 일이지만 엊그제 같다. 세월이 화살처럼 빠르다. 요즈음의 아이폰 세상을 거꾸로 거슬러 올라가자면 그 맨 꼭대기에 있을 법한 이 신기한 기기가 가정마다 처마 밑 제비집 옆에 함께 있었다. 얇은 널판지를 잘라 붙여서 노란 페인트로 색칠해진 네모난 스피커통이었다. 안은 텅 비어 있고 밖으로 동그란 스피커 옆에 볼륨 스위치 하나만 달랑 있는 아주 조잡했지만 얼마나 신기한 물건이었는지 모를 정도였다. 그걸 안방 문 앞 처마 밑에 매달아 놓으면 제비들이 그 통 위에다 집을 짓는다.

시계라는 것도 아주 희귀한 물건이었다. 집안에 삽, 괭이 등

농기구를 빼고 나면 쇠붙이도 별반 없었을 때니까 이 신기한 기계는 최첨단이었다. 그 이전에 축음기라는 게 있어서 검정레코드판을 올려놓으면 맷돌 돌아가듯 하면서 바늘 끝에서 찍찍거리면서 판소리도 나오고, 남인수, 이미자의 노래도 들을 수 있었다. 그렇지만 이는 어디까지나 반복될 뿐 새로운 걸 들을 수는 없다. 금성 트랜지스터 라디오가 동네에 들어온 것은 바로 몇 년 뒤의 일이다.

그러니까 이 스피커시대는 불과 2~3년 아주 짧게 스쳐 지나갔던, 그래서 이를 기억하는 사람들도 있고, 지금의 60세 이하 분들은 전혀 기억에 없는 그런 요술 상자였다. 오후 6시가 되어 이 스피커통을 켜면 방송이 나온다. 지금 생각해 보면 목포문화방송을 그대로 전달해 주는 것 같았다. 뉴스와 날씨, 농사 정보, 가요방송 등이 나왔다. 마명리 화산약국 뒤 2층 건물 다락방에 사무실이 있었던 듯하다. 밤 9시 뉴스를 끝으로 스피커 스위치를 끄고 잠을 잤다. 아침 6시에 이걸 다시 켜면 면사무소에서 필요한 알림 정보를 시작으로 아침 8시까지 진행되지만 8시 이후로는 모두 들에 나가고, 아이들은 학교에 가니까 집안에 사람이 없어서 중계방송이 필요 없으니 꺼진다.

지금 돌이켜 보면 매우 단순한 일이었지만 당시로서는 놀라운 선진 기술자였다. 전기가 없을 때 가느다란 PP선 두 가닥을 집집마다 연결하고, 그걸 마을마다 연결해서 신세계를 열어 주어서 경외의 대상이었다 그는 당시의 빌 게이츠였다. 그 연결이 어디선가 비바람에 끊기게 되면 어디에서 그게 단절되었는지를 찾아내는지 감탄할 따름이었다.

그리고 몇 년이 지나자 금성라디오가 나왔다. 서울에서는 이미 1960년대 중반에 나왔다고 하는데 우리 땅끝에는 60년대 말, 국민학교 5학년쯤이었다. 옆집들은 모두 라디오가 있어서 가요를 배우고 라디오 연속극을 듣는데도 아버지는 돈이 아까웠는지 바깥 세상을 차단(?)하려고 했는지 그걸 안 사 주셨다. 감히 사달라는 말을 할 수가 없지만 중학생 누님은 저녁을 먹고 나면 라디오를 들으려고 슬금슬금 라디오가 있는 옆집 미례 누나 집인지 어딘가로 살짝 사라졌다. 밤늦게 돌아오곤 했다.

어머니와 상의했는지는 모르지만, 어느 날 우리도 라디오가 왔다. 한여름에 밀죽 쑤어서 둘러앉아 어른이나 아이들이나 한 그릇씩을 비우고 나서 대나무 와상에 둘러앉아 모깃불 피워 놓고 더위를 식히고 나면 딱 라디오 연속극 시간이다. 초저녁의 '태권 동자 마루치 아라치'부터 9시 뉴스가 끝나고 나면 '법창야화, 강진 갈갈이 사건'으로 이어진다. 고은정, 변희봉 등 얼굴 없는 성우들의 인기가 아주 좋았다.

주말이면 바다 건너 목포에서 벌이는 '가요 콩쿠르'는 각 군, 면 단위의 아마추어 가수 등용문이었다. 특히 목포 서남권 지역은 예로부터 판소리도 그렇지만 탁월한 노래 솜씨가 있어서 시골 동네 가수라고 함부로 얕잡아봐서는 안 될 정도로 모두가 한 가락씩들이 있었다. 숨은 인재들이 넘쳐났다. 라디오 건전지 닳아진다고 꼭 필요한 때만 라디오를 켜라고 했으니 요즘 처럼 음악을 듣는 것은 사치였다. 노래를 배우려면 가사를 따라 적어야 하는데 가수의 발음 때문인지 한 번에 받아 적는다는 것은 불가능하다. 녹음 재생이 가능한 것도 아니니 그 노래가 어디서 나오면 달려가 엎드려 귀를 기울여서 노랫말을 적는데 온 동네가 가사가 연결이 안 되는 전혀 엉뚱한 가사로 배우고 익힐 때도 있다. 지금 세대들에게는 신기해(?) 보일 수도 있는 일들이었다. 농경사회에서 첨단 사회의 첫 길목에 해남, 화산, 해창 사람 김선진이 있었다.

꽃동산 꽃밭 위에 웅장한 학궁

'장엄한 선은산에 구름 게이고/

유서 깊은 관두봉에 백로 춤춘다/

꽃동산 꽃밭 위에 웅장한 학궁/

이천건아 뛰노는 우리 화산교⋯.'

100m 달리기 라인을 만들려고 하면 운동장을 대각선으로 가로질러야 할 정도로 조그만 시골 학교 운동장에 2,000명의 학생들이 조회 시간이면 운동장을 가득 메운다. 그렇지만 당시로서는 화산면 내에서는 가장 크고 넓은 광장이었다. 학년별 학급별로 앞에선 담임 선생님을 향해 한 반에 두 줄씩 한 줄당 40명씩 전체 72줄로 서서 교단에 선 선생님의 '앞으로 나란히' '바로' 구령에 맞추어 손을 들었다 내렸다를 하고 있다고 한번 그려 보자. 상상만으로도 마음이 기쁘다. 앞사람 뒤 꼭지만 쳐다보라는데 앞에서 조금만 비뚤어지면 맨 뒤에는 뱀꼬리 처럼 휘어져 버린다. 지금 나이에서 60을 떼 내어 버리면 그 자리에 너와 내가 서 있게 된다. 지금 생각해도 지루하기만 했던 조회 시간이다.

이런 운동장 도열식 조회도 중학교에 진학하고 보니 키 큰 학생부터 앞줄에 세웠다. 원래 키 큰 애들이 뒤에서 헛장난을 많이 한다고 그랬다는데 사실은 제복을 입히면서부터 군사문화 형태로 바뀐 것이다. '용의검사' 라는 것도 거기에 서서 했다. 손씻을 물이 귀했던 겨울철에 손등에 때가 있다고 그 조그만 손, 부르튼 손바닥을 때렸지만, 지금은 감사함으로 다가오고, 점심시간이면 남학생들은 목단이 그려진 10원짜리 고무공 하나에 30여 명씩 몇 팀이 갈라져서 누가 우리 편인지도 모르고 공을 쫓아가다 보면 점심시간 끝나는 종이 울리고, 땀이 범벅이 되어 아무렇지도 않게 책상 앞에 다시 앉는다.

선생님 말씀보다는 머릿속에 온통 방금 몇 대 몇으로 이겼는지 하는 것만 가득하다. 뛰어놀던 그때가 시리도록 그립다. 운동장을 빼앗긴 여학생들은 건물 앞뒤나 사이사이에서 공기놀이, 고무줄뛰기를 했었는지는 오로지 공 쫓아다니느라 보지를 못해서 잘 모르겠다. 학교에 입학해서 가장 먼저 배운 노래는 두말할 것도 없이 '학교 종이 땡땡땡 어서 모이자. 선생님이 우리를 기다리신다.' 그 노래 다음이 '교가'였다. 애국가는 언제 배웠는지 기억이 정확하지 않다.

선은산은 그렇게 높았다. 구름 위에 떠 있는 듯했다. 소풍을 가서 일부가 꼭대기까지 올라가는 걸 지켜만 봤다. 한 번도 산 꼭대기까지 가볼 엄두가 나지 않을 정도로 지금도 나에게는 가

장 높은 산(?)이다. 아마도 교가의 영향도 무시 못 할 듯하다. 장
엄한 산, 교가는 학생들에게 웅대한 꿈을 심어주는 것이 목적일
듯했다. 유서 깊은 관두봉, 관두봉 꼭대기도 마찬가지로 올라
보지 못했다. 선은산이 금강산처럼 여성스럽고 이쁘게 생겼다
면 관두봉은 전형적인 남성형이다. 우뚝하고 산머리가 둥글하
며 바위 절벽이 높다. 이왕 찾은 김에 학교 연혁이라도 한번 짚
어볼 요량이다.

- 1924년 4월 1일 : 화산공립보통학교 개교
- 1938년 4월 1일 : 화산공립심상소학교로 개칭
- 1941년 4월 1일 : 화산공립국민학교로 개칭
- 1993년 3월 1일 : 화산북국민학교 통폐합
- 1996년 3월 1일 : 화산초등학교로 개칭
- 1999년 9월 1일 : 화산서초등학교 통폐합
- 2000년 9월 1일 : 상마분교장 통폐합
- 2018년 3월 1일 : 화산남초등학교 통폐합
- 2019년 12월 31일 : 제95회 졸업(졸업생 총 9,261명)

'거룩다 태백정기 금성산에 흐르고/

장하다 이충무공 넋 울둘목에 빛난다/

이 정기 이 넋으로 태어난 우리들/

누리에 빛내자 우리 화산중학⋯.'

중학교에 진학하니 교가 또한 더욱더 거창해졌다. 태백과 충무공까지 등장한다. 국민학교와는 뭔가 달라도 다르구나 했다. 금성산은 봉저리의 정동쪽 산이다. 중학교에 가서야 교가에 금성산이 등장하는지를 알게 되었다. 아침에 눈을 뜨면 금성산 위로 둥근 해가 떠오르는 걸 보면서 광주로 유학하기 전까지 17년을 살았다. '형식이 내용을 규정한다'고 한다. '의복이 곧 날개다'라는 다른 표현이다. 국민학교 6학년과 불과 1년 차이지만 외양만으로 어른과 아이들처럼 차이가 난다.

이 교가를 노산 이은상 선생님께서 작사하였다는 걸 그 당시에는 별무관심으로 지나쳤다. 그런데 나중에 생각해 보니 그런 전국적인 석학이 어떻게 땅끝마을 조그만 시골학교 교가를 작사했을까 궁금해서 최근에야 찾아보니, 해방되던 해에 노산이 '호남신문사' 사장을 했던 이력이 연관되었지 않나 추측해 볼 뿐이다. 학교 선배님 중에 높게 되신 분의 특별한 부탁이 있었을 수도 있다. 도지사가 되신 분이 있었다고 한다. 광주에서 도지사 선배님과 신문사 사장이되 노산 선생이 충장로 한정식집에서 점심을 하면서 각별히 부탁했을 듯하다.

똑같은 제일모직 엘리트 학생복에 명찰과 배지를 달고, 모자를 썼다. 모자 안에 두꺼운 종이를 둘러 세워서 '퐁피두식'으로 각을 잡아 멋을 냈다. 차이니스식 카라 안에다 딱딱한 하얀색 셀룰로이드를 끼워 놓으면 한결 격조가 난다. 가지런한 다섯 개의 반짝반짝 빛나는 황금색 단추가 누렇게 변할 때쯤이면 3학년이 된다. 한참 크는 아이들에게 3년간 입힐 교복을 오죽이나 크게 입혔을까, 단추 색깔과 옷자락 크기만 보면 금방 신입생인지 아닌지도 안다.

3학년이 되면 옥양목 옷이 줄고 안에서 키는 더 자라서 바지는 짤룩, 소매는 헤졌지만 동네 형들 옷을 내려받아 입지 못하면 희번덕거리는 1학년 때 교복 그대로 입고 졸업해야 했다. 그 교복 입은 학생들을 부러워하면서 말없이 뒷산에 올랐을 수많은 친구들에게 인생의 빚을 졌음을 잊어서는 안 된다. 학교 연혁을 보면서 떨리는 손을 멈추고자 한다.

- **1952년 4월 1일** : 화산중학교 개교
- **1952년 4월 1일** : 초대 교장 선지영 선생 취임
- **2019년 2월 14일** : 제66회 졸업식 10명 졸업(총 9,011명)
- **2019년 3월 1일** : 제27대 교장 박경자 선생 부임
- **2019년 3월 4일** : 2019학년도 입학식 7명 입학

1968년, 올해는 '건설의 해'

나라에 충성하고 부모에 효도하는 것을 지고의 가치로 알았고, 자나 깨나 주어진 일을 열심히 하는 것만이 최고의 인생관인 줄만 알았다. 틀린 말은 아니나 세상은 달랐다. 가난한 것도 모두 내 팔자요, 못 배운 것 가지고 타박한다는 것은 불효의 극치라 생각하면서 살았다. 그런데 세상은 꼭 그렇지도 않았다.

얼마나 일손이 달렸으면 국민학교는 봄, 가을에 1주일씩 농번기 휴교를 했다. 단 한 톨의 보리 이삭도 남김없이 주워야 했고, 수확을 끝낸 보리밭에는 뭐에 쓰는지도 모르는 반하(半夏)라는 약초가 보리밭 군데군데 있었는데 조막손 꼬맹이들에게 보리 이삭과 반하를 수거해서 학교로 가져오게 했다. 지금 생각해 보면 그걸 어디로 공출했는지 궁금했겠지만, 당시에는 그걸 따지는 사람도 없었고, 궁금해할 이유도 없었다. 비록 먹을 것이 충분하지는 않았지만 배고파 굶는 학생들은 그렇게 많지 않았다. 가난해도 서로 돕고 나누고 살았다.

1968년은 유난히도 무더웠다. 선풍기가 다 뭐냐, 전기가 있어야 선풍기요, 에어컨은 꿈에서도 상상해 보지 못했던 1968

년, 부채로 몇 번이고 휘적여 보지만 부채바람보다 부채 돌리는 수고 때문에 더운 바람이 더욱더 뜨겁다. 하늘은 청청하기만 한데 흘러가는 구름만 하염이 없다. 작년 여름부터 비 구경을 못한 농촌에서는 이제나저제나 하늘만 쳐다보다가 봄 농사철이 되니 사람이 할 도리는 해야 했으니 아버지는 이리 뛰고 저리 뛰면서 어렵게 요리조리 겨우 못자리 한다랑치만 일군다. 볍씨는 그럭저럭 가뭄에 오히려 더욱더 푸르기만 하다.

언제까지 못자리만 바라보고 있을 수만 없는 노릇, 천지간에 물이 있어야 논물을 대고 논둑을 메꾸어 모내기를 할 것 아니겠는가, 그래도 구례골 논들은 저 산허리 깊은 샘물(天池라고 불렀다)이 마르지 않고 흘러내려서 골짜기 양편으로 좌우로 논이 하나씩이기 때문에 순서를 정해서 계단식으로 내려오면서 물들을 나누어 겨우겨우 모내기를 겨우겨우 마친다. 구례턱을 지나면서 평평하고 너른 들판이 펼쳐지면 물냄새조차 맡기가 힘들다. 식수로 쓰는 동네 공동우물도 물이 차오르기가 무섭게 밤낮으로 두레박질을 해대지만 물이 내려오는 동안 개울만 겨우겨우 적시다가 말라버린다.

이런 가뭄은 태어나서 처음이라는 어른들의 두런두런 걱정에 어린 가슴마저 타들어 간다. 밭곡식이라고 무사할 리가 없다. 씨를 뿌려 겨우겨우 싹이 돋아났지만 금새 말라버리고 먼지만 풀풀 날린다. 비 구경한 지가 벌써 2년째다. 그 가뭄은 너무 오래 되어서 잊혀져 버렸나 요즈음 방송에는 1970년대 이후의 가뭄만 다룬다. 그때의 2년간에 걸친 그 남부의 가뭄은 평생 잊지를 못한다. 그 가뭄에 살아 보려고 발버둥을 쳤던 부모님들의 얼굴이 지금도 선하다.

그 당시 들녘에서 흔히 목격되는 장면이다. '한 방울의 물이라도 끌어 올리기 위해 두레질하는 젊은 부부'라는 해설과 장면이 눈물겹다.

저 멀리 간척지 논들이 누렇게 타들어 가는 모습은 지금도 선연하다. 논들이 거북등처럼 갈라져 버렸다. 나락 한 톨을 거두지를 못했다. 겨울 농한기가 되자 겨우내 관정을 파기 시작했다. 물이 나올 만한 곳을 사람이 직접 석축을 해가면서 파내려간다. 정부에서 보내 준 시멘트로 관정(官井) 둘레를 둥글게 만들어 노란 페인트로 마무리를 해서 위험하다는 표식을 했다. 양수기가 없던 시절에 양철동이를 반으로 잘라서 양쪽에 새끼 두 줄씩 묶어서 만든 두레박은 앞을 먼저 떨어뜨린 다음에 잡아채서 내 던지는 것이 골프스윙(?)과도 닮았다. 마주 잡은 두 사람의 박자와 템포, 힘 조절이 절묘해야 효율이 아주 좋다.

얼마 지나지 않아서 대대적인 지원이 왔다. 밀가루 포대가 가정마다 배송이 되고, 살기 위한 몸부림들이 눈물겨웠다. 죽으란 법은 없다고 착하디착한 백성들은 감읍 또 감읍하면서 그 시절을 이겨 나갔다. 그러던 늦여름 어느 날, 비가 내리던 그 장면을 지금도 여실히 기억한다. 사진으로 찍을 수는 없지만, 저 멀리 동쪽 금성산 위의 하늘이 검은 구름으로 바뀌더니 마침내 비가 쏟아지기 시작했다. 항상 비행기가 지나가던 그 하늘이 그날따라 시커먼 먹구름으로 덮이더니 참았던 소나기를 퍼부어 주었다. 아, 얼마만의 비인가. 거의 2년 만에 꿀 비가 내렸던 것이다. 아마도 여름 방학 끝 무렵이었던 듯하다. 동각에서 보고 있던 어른들의 장탄식을 지금도 잊을 수가 없다. 세상에나 그토록 기다리던 비가 내렸던 것이다. 새 세상이 열린 듯했다. 홍수 때나 가뭄 때나 그때 그 1968년이 떠오른다.

한 뼘의 땅도 놀리면 그것은 바로 죄악이었다. 논두렁도 이용해야 했다. 콩 심는 날에 죄다 마명리, 방축리 논두렁에 나가서 논두렁에다 콩알을 하나씩 줄줄이 심어놓고 나왔다. 그 어린애들이, 수확이 나면 얼마를 더 난다고, 가뭄에 말랐던 논두렁에 콩을 심어 놓으니 논두렁이 물러져서 방천이 나고 콩 수확보다 더 큰 손해가 났다. 이거 '나라에서 시킨 일이라고 무조건 따라 했더니 오히려 바보가 되더라'라는 이야기를 그때 생전 처음 듣게 되었다. 좌우지간에 우리는 학교를 오가면서 울대를 높여가면서 '1968 올해는 건설의 해다'는 국뽕노래를 소리 높였다.

그해 겨울 삼척·울진에 공비가 나타났다는 뉴스로 온 나라를 뒤덮었다. 두 주먹 불끈 쥐고 머리에는 흰 머리띠를 두르고 연단에서 서서 '나는 공산당이 싫어요'를 더 크게 외치는 반공 학생 웅변대회 연사에게 차디찬 땅바닥에 쭈그리고 앉아서 환호와 박수를 보내야 했던 1968겨울은 유난히 더 추웠다. 이래저래 다사다난했던 1968년, 유난히 기억에 오래 남아있던 해이다. 지금부터 58년 전의 일이다.

사연 실은 신작로

어느 날 흙먼지 풀풀 날리는 신작로를 따라서 검덕굴을 지나서 해창으로 넘어가는 나붓재 고갯마루까지 삽자루 하나 들고 터덜터덜 어른들 뒤를 따라서 갔다. 봉저리에서 학교까지는 뒷잔등 고개를 넘어 올라서면 멀리 연화제 저수지가 한눈에 들어온다. 어머니와 외갓집인 대구시(대지리)를 갈 때면 '가련다 떠나련다 어린 아들 손을 잡고.' 유정천리, 그 노래가 생각나는 그 고개다. 연곡에서 올라오는 학생들과 합해지면서 좁은 울퉁불퉁한 산길이 더욱 더 비좁다.

조그만 저수지 하나(작은 방죽)를 더 지나서 신풍리 학생들과 합류하게 되면 거의 학생들로 한 줄을 이룬다. 바다 같았던 연화제 저수지에 다다르면 그 좁은 언덕길 한가운데 묘하나가 있어서 대부분 살짝 돌아가지만, 머슴애들을 가차 없이 묏동 한가운데를 아무렇지도 않게 타고 넘는다. 얼마나 밟아 넘나들었는지 묏동 위가 대머리처럼 반질반질하다. 처녀묏동이라고들 했는데 진짜인지 아닌지는 지금도 모르겠지만 한 맺힌 숱한 이야기들을 들으면서 등하굣길을 오갔다. 이곳은 마명리에서 밤늦게 돌아올 때면 왠지 으스스해서 혼자 돌아올 때면 죽을힘을 다

해서 뛰어가던 곳 중의 한 곳이다.

한 달에 한 번 자치회라는 걸 했다. 학교에서 시켰는지 마을 어른들이 그런 자리를 만들었는지 관례에 의해서 하게 되었는지는 좌우지간 토요일 저녁에 마을의 국민학교 학생들이 모두 동네 동각에 모여서 무슨 말들을 하는데 '아침에 지각하지 말자. 동네 마을 길 청소하자' 등이다. 6학년 자치회장이 등하교 인솔반장이다. 아침이면 동네가 내려다보이는 뒷고개에 모여서 "학생들아 모여라"고 연창한다. 당시 시계가 있을 리 없는 그 시절에 부모님들은 모두 들에 나가고 뒤처진 어린 학생들은 학교 안 가면 큰일 난 줄 알고 고샅에서 딸각거리는 책보를 둘러메고 아침부터 달리기를 시작한다.

당시 한꺼번에 모여서 등하교를 하라는 지침(?)에는 알쏭달쏭한 이야기가 있었다. 한센병 환자들이 몰려다니며 어린애들 간을 빼먹으면 문둥병이 낫는다고 해서 잡히면 간 빼앗길까 봐 저 멀리서부터 그들이 보이기만 하면 산꼭대기까지 숨고 기어 올라갔던 일도 많았다. 한결같이 모자를 푹 눌러쓰고 다녀서 더욱 무서웠던 기억이다. 그래서 사람을 안 만나 주고 자꾸 피하면 '내가 뭐 문둥이냐' 했던가 보더라.

연화재 저수지 옆의 큰길은 멀리 돌아가야 하니 논두렁을 따라서 지름길이 나 있다. 언제부터 생겼는지는 모르지만 닳고 닳아서 길바닥이 반질반질하다. 비가 내리면 완전 진흙탕으로 변하지만 양말 신을 일이 없던 그 시절, 검정 말표 고무신을 발과 함께 한 발씩 물에 넣었다가 쓰윽 털어버리면 그만이다. 이윽고 신작로에 올라서면 학교가 전방 300미터다. 매일 아침 3킬로를 걷다 뛰다 해서 도착한 곳이다. 학교 정문이 있는 해일약국 앞까지 일부러 돌아서 갈 이유가 없다. 마명리 초입 지금의 박미희(여자배구 국가대표 선수) 주유소 옆으로 샛길이 있다. 이윽고 대강당(주로 5학년 교실) 앞 큰 소나무들이 가쁜 숨을 반긴다. 그렇게 그 길을 꼬박 6년을 다녔다.

다시 신작로이야기로 돌아가 보자. 신작로에는 자갈들을 깔아 놓는데 땅에 박히지 않는 자갈들은 차바퀴에 치어서 이리저리 쓸려 다니다가 갓길로 밀려 나가 버리고 정작 찻길에는 자갈도 없다. 움푹 파인 찻길이 비가 오면 물이 괴어 있고, 파인 곳만 더 파인다. 비 오는 날 신작로 옆에 있으면 흙탕물을 뒤집어쓴다. 우리 동네는 그런 신작로가 겨우 300미터뿐이니 상대적으로 낫다. 해창, 명금리 친구들은 비가 오면 흙탕물, 맑은 날에는 흙먼지로 참 고생들이 많았다.

그 당시에는 '울력(자원봉사)'들이 많았다. 일종의 '공적부조'인 이 울력은 마을 이장의 주요 임무였다. 울력에 비협조적이면 왕따(?)가 된다. 여러 사람이 모여 사는 곳에는 이 울력이 꼭 필요했다. 공동우물을 청소 보수한다거나 마을 고샅길 보수, 지방도로 관리, 국도 관리 같은 것이 울력의 용처였다. 물론 동네 사정에 밝은 이장이 울력 날짜를 미리 정해 놓지만, 갑자기 일이 생겨서 빠지게 되면 어떻게 하는지 그에 대한 조치는 너무 어려서 잘 모른다. 어머니는 단손대(핵가족)인 우리 집은 농사일도 많아서 울력에 대해서 불만이 많으셨다.

'웃생키 팽리댁 종선이도 울력 나온다고 하더라 오늘은 네가 갔다 오거라.' 어머니는 오늘 우리 집 울력꾼으로 나를 지목한 것이다. 종선이는 나보다는 3년이 어렸다. 원래 종석 형이 있었는데 불행한 일이 있어서 먼저 저세상 사람이 되고 나니 어리지만, 장남이 되어버린 경우다. "사람들이 어린애들 울력 내보내면 뭐라고 하겠는가." 아버지가 옆에서 나직하게 핀잔이지만 아버지가 울력 가면 온종일을 농사일을 버린다. 그리고 막걸리에 거나해서 다음날에도 지장이 생기니 어머니는 유난히 오늘따라 단호하시다.

아침을 마치자마자 동각에서 "울력 나오시오"하는 이장의 외치는 소리가 들린다. "바작지고 울력 나오시오." 아버지 바지게를 지고 나가려 하니 지겟발이 길어서 질질 끌린다. 지게가 너를 지겠다. 어머니가 말린다. 그냥 삽자루만 갖고 가거라. 중학생은 농촌에서 한몫이 아니다. 반 몫도 안쳐준다. 먹는 것은 똑

같은데 중학생의 노동량은 어른들과는 애당초 비교 불가다. 그런데 중학생이던 내가 나가는 것도 민망한데 지게 없이 삽자루 하나만 덜렁 갖고 나가면 이장이 뭐라고 할지 눈치가 보였지만 터덜터덜 어딘지도 모를 울력을 하러 학교길을 수업도 없는 일요일 아침에 따라나섰다.

종선이는 뭐가 좋은지 어린 인민군 병사마냥 삽자루 하나 어깨에 걸치고 신이 났다. 연화제를 너머 검덕굴(석정리)도 지나서 해남 쪽으로 계속 올라갔다. 삼봉산에서 굴러 내려온 큰 바윗돌(나중에 고인돌 군락지로 밝혀짐) 부근에 도착하니 이장님이 여기서부터 저기까지가 우리 마을 관할 도로라고 한다. 한쪽은 낫으로 갓길 풀과 잡목을 손질하고 나머지는 흩어진 자갈들을 도로 한가운데 움푹 패인 곳을 메꿨다. 트럭들은 천천히 가니까 괜찮은데 버스들은 자갈을 튕기면서 흙먼지 날리며 지나갔다. 버스 탈 일도 별로 없는 우리가 왜 이런 일을 해야 하는지, 늘 하던 일도 아니고 농사일 같지 않아서 그런지 어른들도 그냥저냥 했다.

이장이 마명리에서 막걸리와 사이다 몇 명을 가져와서 큰 바위(고인돌) 그늘의 베롱나무 아래로 가서 점심을 하고 앉아 있으니 소풍 나온 기분이 들었다. 점심 먹고 나니 파장이었다. 다시 오던 길을 되돌아오면서 처녀묏동 옆을 지날 때쯤 회기네

아버지가 여지없이 또 처녀귀신 이야기를 하신다. 그리고 놀림인지 미운 소리인지, 종선이하고 창구는 나중에 울력 나오려면, 바지게 지고 울력 나오지 말고 울력 지고 바지게 나오라고 하시고는 허허컬컬하신다. 벌써 오십 년도 더 지난 전설 같은 이야기

고천암

한밤중에 빗소리가 들리면 아버지는 벌떡 일어나서 삽자루를 들고 2킬로 떨어진 염전으로 내달린다. 어머니는 어린 나를 깨워서 네모진 유리 호롱불을 앞세우고 먼저 나가신 아버지의 보이지도 않는 등뒤를 따라간다. 갈댓잎으로 만든 비옷 같은 것을 '우장'이라고 하는데 이걸 두르면 겨우 몸만 가린다. 비로 질척이고 미끌 거리는 염전 둑길에 도착하면 아버지는 어슴푸레 그림자만 허둥지둥하고 계신다. 염전은 90%가 물관리다. 밀물에 바닷물을 가두어 두고, 간수물(소금물 농도를 맞추기 위해 염도가 높은 물, 간장 같은 소금 재료)을 섞어서 햇볕에 열흘 정도 증발시키면 하얀 천연 소금밭이 된다. 염전에 빗물은 독이다. 빗물이 고이지 않도록 가급적 빨리 수문을 열어서 빼내야 하고, 밀물 때와 겹치게 되면 수리차(물레방아 모양의 양수기 대용)를 밟아 물을 빼야 한다.

소금은 성서에도 나오지만, 소금을 얻기 위한 크고 작은 전쟁도 있었다. 7남매 중 막내인 아버지가 거의 혈혈단신 분가해서 단기간에 동네에서 일가를 이룬 배경에는 염전이라는 부업이 이를 가능케 했다는 생각이 한참 나중에야 들었다. 염전은 아버지 소유는 아니었지만 고천암댐이 완공되자 큰 변화가 생겼다. 삼산면 어성교로부터 시등, 해창, 명금, 신풍, 연곡, 용덕, 율동, 관동 앞까지 이어진 천혜의 뻘밭 해변가에 있던 진뻘밭과 염전이 논으로 바뀌고, 담수호가 생긴다. 집에 툇마루에서 멀리 보이던 바다가 육지로 변해버린 것이다.

황산면 방향에서 바라본 고천암 방조제. 건너편 보이는 곳이 필자의 고향 화산면이다.

　고천암 간척지 착공과 피난민촌 형성, 어느 게 먼저인지 나는 알 길이 없다. 거의 동시적인 걸로 기억하고 있다. 고천암 사업을 위해 피난민을 거기로 이주시켰던지, 간척지 준공을 염두에 두고 피난민촌을 만들었든지 불분명하지만 시작된 시기와 연관은 깊다고 생각한다. 피난민촌에 대한 것은 따로 다루기로 하고, 고천암 간척지에 관한 이야기를 이어서 하자.

송지면 출신 김병순 국회의원이 있었다. 1967년 7대 민주공화당 의원에 출마하면서 고천암 간척사업을 공약으로 크게 내걸었다. 그 때문에 당선되었겠는가만 어쨌거나 당선이 된다. 매일 밤낮으로 남포(다이너마이트) 튀는 소리가 3킬로 떨어진 봉저리에서 들어도 대포 소리 같았다. 위험해서 가까이는 얼씬 못하게 접근을 막아서 먼발치에서만 구경했다. 그렇게 시끄러워도 바로 옆 동네에 영일은 공부만 열심히 했던가 보더라.

가좌리 뒷산 하나를 온통 파내서, 탄광처럼 레일을 깔고 돌더미를 실어 날랐다. 어린 나이에 봤던 중에는 가장 큰 대형토목공사였다. 규모가 어마어마하게 느껴졌다. 동네 분들도 일하러 다니셨다. 건너편 황산면 징의리에서도 반대로 마주 보며 막아오기 시작했다. 마치 견우와 직녀가 만나려는 듯이. 그런데 김병순이 8대(1971년)에서 낙선하자 그 사업이 중단되어 버린다. 그 시절부터 호남에서는 김대중이 등장한다. 1971년 대선 이후 긴장한 박정희 군부 세력에 의한 극심한 영호남 지역감정이 생기고, 고천암 간척지 사업도 중단되어 버리고 만다. 그때는 그런지도 몰랐다.

당시 유행했던 김병순 의원의 의정활동 일화. 실제로 김 의원 이야기인지 전혀 확인할 방법은 없다. 만들어 낸 듯하기도 하다. 국회 회기 내내 발언이라곤 없던 김병순 의원이 손을 들고, "긴급동의 있습니다"고 하자, "네, 해남 김 의원님 말씀하세요." "밥 먹고 합시다"라고 했다는 무능을 희화화했던 일화가 전설처럼 전해온다.

사업재개는 박정희 말년에 영남지역에 편중된 중공업단지를 무마하고자 서남해안의 농수산, 농업현대화 생색내기, 끼워맞추기로 충남 아산방조제와 함께 10여 년 중단, 방치되었던 사업이 재개되어 1980년대 초에 완공이 된다. 아산방조제 완공일이 1979년 10월 26일이다. 그날 저녁 궁정동 총소리, 심수봉의 '그때 그 사람'을 마지막으로 듣고, 시바스리갈에 취해서 갔다.

그 규모가 엄청났다. 담수호, 갈대밭, 농경지, 논 한 필지가 1,000평이나 되었다. 연로하신 아버지도 2필지를 불하받아서 농사를 지었다. 자기 논을 찾는 것조차 어려울 정도로 1,000평짜리 논이 끝이 없이 바둑판처럼 펼쳐졌다. 근동 마을 젊은 청년 농부들은 거농이 되었다. 갈대밭은 천혜의 철새도래지로 새들의 천국이 되어 있다. 임권택 감독의 영화 '서편제'에도 고천암 갈대숲 길이 나온다. 미워도 한세상 좋아도 한세상, 너와 나의 정다운 잊지 못할 고향이다.

피난민 촌

    율동을 지나 가좌리로 넘어가는 고갯마루, 신작로이지만 인적도 없고 가좌리까지는 한참을 내달려야 한다. 그 고갯길 오른편 산등성이로 새로운 갈래길이 나온다. 원래부터 있던 도로가 아니라 새로 생긴 도로이다. 가좌리를 거치지 않고 고천암으로 곧바로 가는 지름길이다. 그러니까 고천암 때문에 난 길이다. 길가의 돌멩이를 이리저리 차면서 조금 가다 보면 확 트인 바다와 함께 어마어마한 고천암 공사 현장이 눈앞을 압도한다. 처음 보는 장비, 마명리 학교길에서나 드물게 보이던 차량들, 돌더미를 싣고 괘도를 따라 요란하게 오르내리는 갱도차, 노란 철모(작업모)를 쓰고 일하는 수많은 사람들, 돌을 다뤄서 그런지 멀리서 바라만 봐도 억세 보였다.

    넓은 고천암 입구 도로가에는 어느 공사장에나 있을 법한 인부들을 위한 주막집 두어 개도 있었다. 왔던 길 쪽 오른편을 쳐다보면 규격에 맞게 양지쪽에 계단식으로 황토 흙집이 줄지어 3~40여 채가 있다. 이곳이 가좌리 피난민 촌이다. 원래 이곳은 생활 터전으로 맞지 않는 곳처럼 보인다. 앞쪽으로 보이는 가좌리 무학리 들녘은 기존 마을 사람들의 터전이요, 뒤는 바다인데

뻘밭에서 뭔가를 생산해서 생활하기에는 부족함이 많다. 그래서 이 마을은 고천암 간척사업과 밀접한 관련이 있다고 생각했다.

마을의 수호신 같은 사장나무. 60년 전에도 300년이라고 했는데 수형이 그대로다. 바로 나무 그늘막에 하얀 회벽의 조동묵 선생님 댁이 있었다. /강영구 작가 제공

고천암 사업이 일시 중단되자 마을도 순식간에 사라져버린 것만 봐도 그게 사실이라는 증거다. 그분들하고는 전혀 다른 루트로 각 마을에 정착했던 실향민들이 있었다. 아마 다른 동네에도 있었을 것인데 우리 동네에도 3가구가 있었다. 웬일인지 마을에서 떨어진 외진 곳에 집을 짓고 살았다. 그렇게 하라고 했

는지, 스스로 그렇게 했을지는 모를 일이다. 마을 인심이 좋아서 서로 돕고 격이 없었다. 집 구조도 좀 달랐다. 시간이 좀 더 흐르고 나서 그곳 그들이 머물고 살았던 터전도 밭으로 바뀌고, 세 가정도 숙명처럼 뿔뿔이 흩어진다. 사납쟁이 과수댁이 아이들 둘을 데리고 살았다. 기구한 역정에 동네 사람들과 싸우는 것이 일상사였다. 우리들은 멀리서부터 피해 다녀야 했다. 인사를 하면 왜 인사하냐는 듯이 쏘아 본다. 오죽했으면 사납쟁이라고 했을까. 어디로 가셨는지 이제는 그립다. 억척스러웠으니 잘 살 것 같기도 하다.

관응이라는 나보다 7~8세 위 선배는 전쟁동이거나 황해도에서 태어나서 우리 동네까지 내려왔다. 연로하신 부모님을 모시고 살면서 집 밖으로 거의 나오지 않고 살았다. 유난히 연을 잘 만들어 바람 잘 부는 서재 너머로 연을 띄었다. 고향을 그리며 그랬었는지도 모른다. 연 날리는 옆모습이 항상 우수에 젖어 있었다. 농사도 없고, 참 어렵게 버티다가 부모님들이 돌아가시자 바람처럼 사라졌다.

오손도손 살아오던 세 가정이 관응이 아버님이 돌아가시자 조동묵 씨 가정만 마을 안으로 이사해 들어 왔다. 어느 추운 겨울날 어머니가 그 가족의 쓰라린 이야기를 전해 주셨다. 남매를 데리고 황해도를 출발해서 임진강을 건너면서 눈앞에서 딸을

업은 아내 손을 놓쳐버리고 핏덩이 아들만 데리고 그 길로 영영 이별하고 만다. 그때 업고 내려온 조덕신, 그가 이 글의 주인공이다. 영화 타이태닉에 나오는 디카프리오의 우수에 찬 눈과 느릿한 말투, 항상 빙긋이 웃던 그 형은 주로 언덕 위 나무 그늘에서 책을 보는 모습이 많았다. 중학교를 다닐 때 보니 이육사가 저런 모습이었을까 생각케 하는 외모였는데 그의 사색은 오히려 염세 허무주의에서 민족 저항 시인으로 살다 간 이상화와 더 어울린다.

그런 민족적 비극이 필자의 어릴 적 가까이에도 있었다. 그리고 그들을 감싸 안기보다는 마음 한구석에서 보이지 않게 차별하고 멸시하지 않았는지, 그때는 순진함으로 격의 없이 지냈지만, 지금에 생각해 보니 좀 더 따뜻이 대했으면 하는 마음이 든다. 친척이 없었던 그 집과 우리 집의 관계는 어머니의 노력이었던지 아버지의 연민이었던지 친척처럼 남다르게 지낸 것은 참 다행한 일이었다.

남쪽에서 새로 만난 아주머니와의 사이에서 춘심(필자의 동창), 춘자, 춘옥 자매와 조덕만이 태어났다. 그들의 사촌이 1년 후배 월호리 조덕윤이다. 조덕윤은 원래 용덕리 뒤편에 살았고 아버지가 염전 일을 했는데, 월호리로 이사를 했다. 잘생기고 머리도 좋았던 걸로 기억한다. 덕윤의 누나 조춘매는 나의 누나와 절친하게 지냈다. 중학교 2~3학년 때 같은 반으로 공부도 잘하고 얼굴도 예뻤던 김향숙이도 조동묵 씨와 가까웠다는 사실을 최근에야 알게 되었다.

그런 조동묵 씨의 아픔을 뒤로하고 이 분 가족은 마을에 완전히 동화되어 살았고, 춘심의 작은 방은 동네 사랑방이었다. 자식들이 귀한 조 선생의 너그러움이 그걸 가능케 해 줬다고 생각한다. 덕신 형의 말년은 폐결핵으로 집 밖 출입이 뜸해졌다. 그 형이 어떻게 되었는지는 마을 떠난 뒤로 모른다. 미국에 와서 실향민 가족들을 만나고 통일에 대한 담론을 나눌 때면 조 선생댁이 문득 떠오른다. 모두 다 잊히기 전에 민족이 하나가 되어야 할텐데 마음이 무겁다.

제5부

소풍

잊지 못할 소풍 전야의 '문지'

우리는 중학교 졸업앨범이 없다. 화산중학교 20회 졸업생은 졸업앨범이 없다. 선배, 후배들에게는 모두 있는 졸업 기념 사진첩이 없다. 사진은 사람의 기억을 더 오래도록 더 정확하게 기억해줄텐데도 이 글을 쓰면서도 낯선 이름들 때문에 괜히 내가 미안한 생각이 든다. 나는 한 끼 밥을 같이 먹더라도 최소한 이름 정도는 알고 먹는 걸 예의로 생각한다. 그리고 그 이름들을 기억하는데 남모를 노력을 하는 편이다.

또 사람을 잘 기억하는 편이라고들 해서 그런 줄 안다. 50년이 지나서야 서울에 있는 동창 카톡방에 초대되어 47명이 모여 있는 동창 카톡방의 이름들을 살펴보니 15명 정도의 동창들에 대해서는 기억이 없다. 미안해서 그 기억들을 찾으려고 애를 쓰다가 나에게는 화산중학교 20회 졸업생의 앨범이 없다는 걸 다시 떠 올려야 했다. 요즈음으로 치면 앨범이 없는 게 무방할 수도 있겠다는 엊그제 뉴스를 봤다. 졸업앨범을 사고팔고, 그 정보로 각종 사고가 많아서 주소 전화번호는 물론 선생님 얼굴도 없이 만들고, 아예 만들지 말자는 학교가 많다고 하니 격세지감이다.

세상을 살 만큼 살았다고 하려면 아직도 멀다. 그런데도 돌아보면 주변에 나보다 어린 사람들이 훨씬 더 많고, 부모님들을 포함해서 가까운 친구, 친지들도 한사람 두 사람 곁을 떠나는 것을 보면 앞으로 살아갈 날이 생각보다도 짧을 수 있다는 생각이 문득문득 든다. 살아오면서 좋은 일, 궂은일, 신나는 일, 불쾌한 일, 죽고 싶은 일, 내 세상같이 좋았던 일들이 많고도 많았다. 다만 기억하지 못할 뿐이고 잊어버리고, 잊고 살았기 때문에 여기까지 올 수 있었다.

소풍. 세상에서 그보다 좋은 일이 또 있을까 할 정도로 설레고 기다리고 아름답던 말이다. 소풍(消風)은 일본말이다. '콧구멍에 바람 넣는다'는 말은 들었어도 '바람을 없앤다니' 뜻이 난해하기도 하며, '바람을 잠재운다'는 뜻의 소풍은 초문학적인 표현이다. 그게 중요한 것은 아니니 여기까지만 하고, 화산에서 소풍의 추억, '꽃산에서의 야유회' 제하의 이야기를 이어가고자 한다.

소풍 가는 날이 알려지고 나면 세상이 두둥실, 학교 가는 발걸음도 가볍고, 괜한 짜증도 사라지고, 그렇게 좋은 날이 또 있었을까. 그것은 일종의 탈출, 카타르시스, 낙원, 환희 같은 것이었다. 이것은 만국(萬國)의 공통된 감정일 것이다. 말이 있다. 소풍 가기 전날 밤의 그 기분을 나는 지금도 그때로 되돌아가 볼 수만 있다면 하고 생각한다. 풍선, 아이스케키, 칠성사이다, 삶은 계란, 사과, 사진, 책보 없는 날, 김밥, 친구, 누나, 이런저런 소풍 이야기로 친구들을 만나 볼까 한다.

선은산은 초등학교 때 단골 소풍코스였다. 왜 그렇게 선은산으로만 소풍을 갔는지, 지금 와서 생각해 보니 초등학교 때 선은산 말고는 소풍 갈 곳이 마땅히 없었다. 2,000명이나 되는 꼬맹이들이 들어설 장소가 흔하지 않았을 테고, 1학년 코흘리개들이 머나먼 관두봉까지는 소풍 갔다가 집으로 되돌아가는 일도 선생님들에게는 적잖은 걱정도 있었을 것이다. 장소가 꼭 중요한 것은 아니다.

소풍 가는 날 전날부터 마음은 청산인데 어머니는 미동도 없다. 저녁 식사를 마치고 나서 설거지가 끝나면 그때부터 무슨 준비를 하신다. 우물가에 솥단지 걸이에 불을 붙이고 아궁이에 있는 무쇠 밥솥 뚜껑을 뒤집어엎으면 둥글넙적한 기가 막힌 넓은 프라이팬이 된다. 시골집들은 특별하게 음식 재료를 시장에서 사오지 않는다. 가끔씩 갈치나 돼지고기 2근을 지푸라기에 묶어오는 게 고작이다. 그냥 집에 있는 맷돌에 녹두를 갈면 녹두 가루가 되고, 콩을 갈면 콩가루가 된다. 쌀가루도 마찬가지요, 쑥은 집 앞에서 뜯어오면 된다.

각종 기름도 그렇다. 참기름, 들기름, 콩기름, 유채기름, 동백

기름, 피마자기름, 없는 게 없다. 콩기름 지글거릴 때 누나는 불 지피고, 어머니는 반죽 올려 전을 부친다. 넓게 펴진 쌀가루 전의 속에 팥고물을 넣어 '문지'을 만든다. 마치 한복 저고리 접듯이 속에 든 팥고물이 흘러나오지 않게 요즈음으로 치자면 '타코' 같은 것이라고 생각하면 무방하다. 아마도 멕시칸들의 원조였던 원주민 인디언이었으니 연상이 가능해 보이는 부분이다. 그들이 매운 고추장을 좋아하는 것도 우연은 아니다. 그걸 여나무 개 만든다. 아버지가 즉석에서 2개를 잡수신다. 그리고 식구대로 하나씩 먹고 누나하고 2개씩 내일 소풍에 가져갈 걸 남겨둔다. 그게 소풍 준비 끝이다.

드디어 소풍날 아침이다. 여전히 딸각거리는 알루미늄 도시락에 흰 쌀밥이다. 쌀밥도 귀할 때이니 그것에 큰 불만은 없었지만, 책보나 도시락 없는 날 돌아올 때 또 도시락 딸각거리며 집에 온다는 게 영 마뜩잖다. 나무 도시락이 있었다. 종이짝처럼 얇게 만들어 밥도 싸고, 김밥도 싸서 먹고 나서는 버리는 1회용 도시락인데 그걸 사다가 싸주실 우리 어머니가 아니다.

바빠서 김밥을 못 싼다고 새벽같이 일 나가시면 누나가 싸고 거기에 어제 부쳐놓은 문지 2개씩 싸고, 사다 놓은 사이다 한 병씩, 삶은 계란 2개씩. 어쨌거나 푸짐하다. 그리고 달랑 첨성대 그림이 있는 10원짜리 하나, 누나는 얼마를 받았는지 지금도 모른다. 대나무로 만든 대롱에 빨강 노랑 파랑 물감들인 닥털과 함께 풍선이 붙어 있어서 입으로 풍선에 바람 불었다 놓으면 빼~애 하고 소리가 난다. 그걸 3원 주고 사고, 페르시안 왕궁처럼 멋진 무지개 라인이 그려진 아메사탕 2개면 입안이 가득하다. 그래도 2원이 남는다.

학교 갈 때 옷과 소풍 옷이 따로 있지는 않았다. 추석 때 새로 사 입은 옷은 설날까지 입고 설날 얻어 입은 옷으로 여름이 되기 전까지 입었다. 여름이면 위아래 하나씩만 있으면 충분하다. 여벌로 한 두벌밖에 없는 옷이지만 폼나게 입는다. 해일약국 앞에서 올려다보는 학교 교문 앞까지 100여 미터 오르막 양편으로는 일찍부터 과자 장사, 풍선 장사, 옥수수, 풀빵 장사, 엿장수 등의 대목 만난 분들의 차지다. 이분들은 소풍 길 뒤꽁무니를 따라서 같이 소풍을 간다. 어린 꼬맹이들이 무슨 돈이 있다고…. 그래도 잔칫날의 분위기를 후끈 북돋운다.

우리 동네 몇몇 엄마들도 그날따라 곱게 입고 머리에는 떡과 밥, 부침개, 과일 등을 담아 준비한 대나무 석작을 보자기에 싸서 이고, 소풍행렬을 뒤따르신다. 어머니는 바쁘신 것도 있지만 한 번도 오시는 법이 없었다. 그려러니 했다. 파마머리도 않고 비녀 꼽고, 양장 한 벌 없는 어머니가 애당초 끼일 자리가 아닌 줄 당연하게 생각했다. 중학교 다니던 어느날 어머니가 비녀를 풀고 머리를 잘라서 팔고는 파마머리를 하는 걸 보고 배신감 같은 엉뚱한 충격을 받았다. 일종의 오이디푸스 콤플렉스 같은 것이다.

나는 후에 생활진보를 실천한다고 자부하는 편이지만 그 당시에는 정비석 선생의 '자유부인, 춤바람, 신여성' 등을 작품으로 이해하기보다는 양장을 하는 것은 전통을 부정하는 부정적 의미로 받아들였기 때문이라고 나중에야 나름의 결론을 내렸던 기억이 난다. 그것은 보수적이라기보다는 진부하다고 해야 할 듯한 기억이다. 지금은 부모님의 그 모든 것을 오롯이 이해하고 또 이해하지만 밥 먹고 학교 가는 것 이외에는 모든 지출을 허용해 주지 않았다.

부모님의 허락 없이는 아무런 능력이 없었던 어린시절이었으니 그걸 당연한 것으로 순응했다. 소풍 때 쥐어준 10원 하나도 커다란 베풂으로 받아들였다. 사이다가 그렇게 먹고 싶었지만 "밥에다 떡 있고 사과면 충분하지 뭘 더"라는 아버지의 한마디면 끝이다. 어머니는 더 단호하셨다. 그랬으니 학부형으로 선생님을 위한 별도의 생각(담배, 촌지 등)은 "그런 것 갖다준다고 공부를 잘해, 천만의 말"이라고 잘라버린다. 이래저래 어리지만 보는 눈도 있고 어림잡아 주변 돌아가는 것도 알만할 때까지 그런 냉담은 이어졌다.

이윽고 누구누구 노래자랑을 하다고는 하는데 노랫소리가 들리지도 않고 오히려 땡볕 아래서 가져온 점심에만 관심을 두고 기다렸다. 점심이 끝나면 뭔가 가장 기다리는 게 기다리고 있었다. 점심을 빙 둘러앉아서 먹고 나면 보물찾기를 한다. 대체 몇 개를 어디에 숨겨 놓았길래 6년 동안 하나도 못 찾고 그냥 돌아오지만, 마음이 선은산을 넘어 두둥실 날아가는 날이었다.

빨간 표준전과

국민학교 5학년 때 일이다. 시험을 보는데 평소에 나보다 못한 애들보다 성적이 자꾸 뒤처지는 일이 생겼다. 왜 그런가 하고 자세히 알고 보니 나는 교과서만 가지고 있는데 대부분이 참고서를 가지고 있어서 시험문제가 거기서 출제되었다고 자기네들끼리 수근거리는 걸 보고 확인해보니 각 과목마다 상당 부분 참고서에서 출제가 된 것이었다. 충격적이었다. 4학년에 들어서야 우등상을 받아봤기 때문에 상장을 받는다는 것이 어떤 의미가 있는지를 알았기 때문에 시험성적을 중요하다는 걸 인식하고 있었다.

국민학교 5학년쯤 되면 학교가 끝나면 서둘러 집에와야 하고 집에 도착하면 간단하게 고구마 몇 개 입에 물고 난 다음에 집안일을 뭔가를 해도 하게끔 되어 있다. 차분히 앉아서 숙제나 예습·복습하는 것은 저녁을 먹고 난 다음의 일이다. 저녁을 먹고 나서도 마땅히 책걸상이 있는 것도 아니고 석유로 불을 지피는 호롱불 아래서 엎드려 몇 자 쓰다가 그대로 잠들어 버린다. 새벽에 일어나면 또 새벽에 무슨 일이 주어진다. 그런 사이사이에 숙제도 하고 시험공부도 해야 하기 때문에 그런 상황에서 한

두 문제 맞고 틀리고는 아주 크다.

어려서는 아버지에게는 무슨 말을 꺼내지도 못했다. "교과서 하나면 충분하지, 학교도 못 다니는 놈들도 있는데 무슨 참고서 타령인고"하는 한마디면 더 이상이 소용없다. 몇 날 며칠을 어머니만 따라다니면서 졸랐다. 그렇지만 어린 마음속의 그 절박함을 전혀 모르는 것 같았다. 자해를 해서 이 분통을 알려볼까 하는 지경에 이르렀다. 밤중에 자다가 느닷없이 벌떡 일어나 "표준전과, 표준전과"하면서 어두운 허공을 휘저었던 모양이다. 다음날 아버지가 생전에 안 찾던 교실까지 오셔서 담임이었던 김종택 선생님을 복도로 불러 서로 뭔가 말씀을 나누고 돌아가셨다는 걸 참새마냥 유리창 너머로 봤던 급우들이 말을 해줘서 알게 되었다. 수업이 끝나고 나서 선생님이 조용히 불러서 그렇게도 애절하고도 몽매에도 그리던 '빨간 전과'를 받아들었다.

집에 오자마자 펼쳐 든 책 속은 별천지 같았다. 국어 지문 행간의 해설과 수학의 문제 풀이 해설, 국사의 사실 관련 해설이 색깔 있는 박스로 처리해서 보기 좋게 편집되어 있었다. 이때부터 집에서 공부라는 걸 시작했던 것 같다. 5학년에 이어 6학년도 우등상을 받았다. 졸업식에는 전남교육감상, 해남교육장상에 이어 3등인 해남경찰서장상을 받았다. 당시 졸업식 대강당에서 지서장이 정복을 입고, 상을 수여했는데 졸업식 전날 선생님이 상의를 다른 걸로 입고 오라고 했지만 어쩔 수가 없어서 뒤에 모자가 달린 빨간 잠바를 그대로 입고 참석하였다.

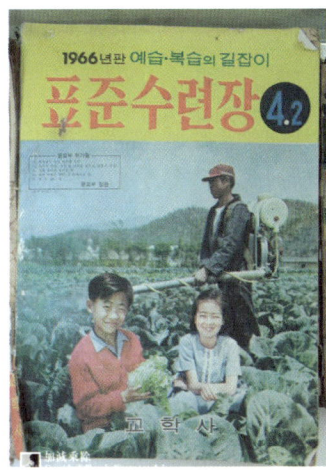

전과가 교과서 보충 해설서라고 하면 수련장은 시험문제집이었다. 문제은행인 셈이다. 여기에 실린 문제가 실제 시험에 그대로 실린 경우가 많았다. 그때부터 이미 사교육의 병폐가 싹트기 시작한 것이다. 그 당시의 빨간 표지 실물은 찾을 수가 없다. 몽매에도 그리던 그 표준 전과를 받아 들었을 당시에 그 포만감과 뿌듯함은 지금까지도 남아 있다.

1년 개근상, 6년 정근상, 6학년 우등상, 해남경찰서장상, 졸업장을 들고 단숨에 집을 향해 달음질했다. 연화제와 위에 있는 작은 방죽을 지나서 저 멀리 보이는 보리밭골 잔등에 오르니 갈퀴나무(땔감)하고 있던 어머니를 반갑게 만났다. 땀을 훔치며 내 상장 꾸러미를 하나하나 열어보시면서 "우리 아들 잘했다"

는 칭찬을 처음으로 짧게 하셨다. 옆의 아줌마들이 쳐다보면서 "대구시댁은 좋겠소 아들이 공부 잘해서." "그라요." 무슨 대답이 이래야 했을까.

"산 위에서 부는 바란 시원한 바람/
그 바람은 좋은 바람 고마운 바람/
여름에 나무꾼이 나무를 할 때/
이마에 흐른 땀을 씻어 준대요."

이 노래를 부를 때나 생각날 때면 그날 그 순간이 떠오르고 평생을 두고 붙잡아 두고 싶은 마음이다.

대흥사 안흥여관

국민학교 5학년이던 1968년. 작년부터 시작된 가뭄이 2년째 극성을 떨치던 때에 5, 6학년이 함께 해남 대흥사로 1박 2일 수학여행이 결정되었다는 걸 후학기가 시작되는 9월 초부터 아침저녁 조회, 종례 시간마다 공지하셨다. 소풍이라면 모를까 수학여행은 애당초 나에게는 해당 사항이 아닌 걸로 일찌감치 생각 자체를 못 했으니 난 지레부터 말을 꺼낼 엄두가 나질 않았다. 학생 각자에게 가정통신문으로 들려 보냈다. 신청자와 수학여행비를 받기 시작했다. 집에서는 까마득히 모르고 있는 게 당연하다.

차츰 마감이 다가오자 가는 학생과 못 가고 남는 학생이 누군지 확인되기 시작했지만, 난 별 불만도 없이 못 가는 걸로 하고 있었다. 어찌어찌해서 어머니가 어디서 알았는지 다들 간다는데 왜 말을 안 했냐고 하신다. "뻔한 걸 괜히 말해서 뭐하겠느냐"고 말씀드렸더니 "알았다"고만 하고는 또 며칠이 지났다. 마감이 되고 나서 풀이 죽어 학교에서 돌아오니 뒷집 큰어머니가 부엌에서 어머니와 무슨 영문인지 두런두런 얘길 나누고 계셨다. "학교를 안 보낼 거면 모를까 애들 기죽게 그러지들 말게나"

하신다. 그래서 마감 후인데도 추가로 겨우 돈을 줘서 그렇게도 가고 싶었던 버스 타고, 여관방에서 잠을 잔다는 수학여행을 가게 되었다.

해남 두륜산의 가을풍경이다. 천년 외부의 침탈이 없이 잘 보존된 곳이다. 생각만으로도 편안하다.

큰댁은 사촌들이 4남 3녀로 7남매이다. 우리 아버지가 막내고 큰집은 제일 맞형이기 때문에 사촌 큰형은 아버지와 4살 터울밖에 되지 않았다. 그 당시 호남 제일 광주고등학교를 6회로 졸업했다. 김대중 정부에서 법무부 장관을 지낸 박상천 의원과 동기동창이었다. 검찰에 들어가 수사관으로 정년을 마친 뒤 집달관 생활을 거쳐 은퇴하셨다. 둘째 형은 해남고, 해군을 거쳐

원양어선 동원산업 선장으로 멋진 바다 사나이가 되었다. 셋째, 넷째 형들도 광주상고에 진학하여 모든 형제들을 어려운 사정임에도 훌륭하게 가르치셨다.

당시로서는 근동에서 자식 농사로 큰아버지가 날렸다. 자식들 교육에 대해서 그렇게 관심이 많았던 큰어머니가 수학여행을 안 보내는 막내동서를 닦달하는 바람에 내게도 기회가 온 것이다. 우리 집과 큰댁의 차이점은 내가 광주로 학교 간 뒤에야 차츰 알게 되었다. 큰댁의 장남 우선의 전형적인 가부장적 가정 문화는 당시로는 당연하게 여겼었다. 큰댁의 많은 제사가 그걸 단적으로 증명해 준다. 제사상 앞에서 주고받는 대화와 분위기에 다른 의견은 끼어들 여지가 없었다. 큰아버지의 결정, 큰형님의 의견이 그대로 법이었다.

우리 아버지도 예외는 아니었겠지만 좀 달랐다. 장남 프리미엄 같은 게 상대적으로 적었다. 늘 하시는 말씀이 '열 손가락 깨물면 안 아픈 손가락이 없다'는 말씀을 두고 하셨다. 거기에 무슨 깊은 뜻이 있다기보다는 시대도 변했고 특히 본인이 8남매 중 막내였기 때문에 힘없는 늙은 노부모 아래서 장성한 탓도 무시 못 했을 것이라는 생각은 한참 나중에야 하게 되었다. 무슨 지출 건이 생기면 '아래 동생들은 어떻게 할 거냐'는 말씀을 두고 한사코 어머니와 다투듯이 하였다.

그 때문에 내 대학 진학 문제도 상당한 진통이 있었고, 아래 여동생들 대학 진학 때도 그렇게 되풀이했던 것 같다. 그런 영향 때문이었던 지 나는 이미 훨씬 생활진보를 실천할 수가 있었다. 동생들 진로 문제나 와이프 결혼 후 대학 진학 문제 등에서 당시로서는 파격적인 결정들을 내 자신이 스스로 내릴 수 있었다고 생각한다. 특히 사회에 진출한 뒤로는 경제적으로 독립하고 보니 집안의 평등이나 능력에 따른 본인들의 선택을 존중하되 부모님의 의견을 존경하는 지극히 민주적인 의사결정이 정착했다고 본다.

그래서 6대의 버스에 나누어 타고 대흥사를 향하는 긴 행렬을 차창 너머로 앞을 보다가 뒤를 되돌아보고 긴 커브길을 돌 때 마치 천국에 가는 대열에 합류한 그런 기분이었다. 생전에 가장 기분 좋고 아름답던 시절이었다 빨갛고 노란 단풍이 흐드러진 절 입구의 안흥여관이 5, 6학년 남학생들이 묵었고, 건너편 유성여관에는 여학생에 내렸다. 상점마다 기념 타올, 목각 공예품, 석제 공예품, 울긋불긋한 부채 등 사지도 못할 것들이지만 평소에는 전혀 새로운 풍경을 보는 거만으로도 정신이 나갈 지경이었다.

여관에서 저녁 식사로 흰쌀밥과 도토리묵을 먹었던 기억이지만 배정된 방으로 돌아가 생전 처음으로 다른 동네 친구들과 어울려 잠을 자고 있는데 한밤중에 여학생 숙소 근처에 가서 담배 피운 학생들 찾는다고 소동이 난 뒤에 잠을 자고 아침부터 두륜산 밑에 있는 북암까지 행군을 한다고 한다. 태어난 뒤로 가장 멀리 와서 하룻밤을 그렇게 보냈다. 낙타등처럼 생긴 두륜봉을 아래에 오르니 상방이 확 트여 정말 세상이 넓다고 느꼈다. 책과 만화로만 봐왔던 서산대사의 유물과 대웅전 지붕 위에 있는 보일락 말락한 한 조각 청기와를 보는 것으로 꿈같은 수학여행을 마치고 돌아왔다. 중학교 때도 여수 오동도로 수학여행 간다는데 아버지의 "수학여행 안 가면 공부 못한다더냐"는 한마디에 그냥 생각을 접을 수밖에 없었다.

대월산 중계탑

그게 소풍이었던 것은 아닌 듯하고, 아마도 견학이었을 것이다. 작은 화산면에는 조그만 사건이라도 있으면 면 전체가 들썩였다. 학교 앞으로 공사 트럭들이 흙먼지 날리면서 몇 달 동안을 요란스럽게 오갔다. 멀쩡하던 무학리 뒷산을 파고 신작로 자갈길을 만들고 산꼭대기 위에 무슨 큰 중계탑을 만든다고 한다. 건설장비가 불비한 그때 그 시절에 자갈과 모래, 시멘트를 실은 차량들이 수시로 마명리와 무학리를 부산하게 오가더니 어느 날 그곳에 간다고 운동장에 모여서 학년별, 반별로 줄을 지어 월호리, 재동 모퉁이를 지나자 저 멀리 대월산 정상에 높이 솟은 중계탑과 전파를 모은다는 커다란 접시형 3개가 보인다. 제주도와 서울을 향해 우뚝 서 있는 중계탑을 견학하러 가는 것이다.

사거리 서교를 지나서 무학리 동네 옆으로 난 새로운 산길 도로를 따라 한참을 올라가야 했다. 군데군데 철조망이 있고 '안보구역'이라는 팻말들이 걸려 있다. 실제로 바로 산밑이 해변가인데 건진머리 해안가로 무장 공비가 침투했던 일도 있었고 언젠가부터 해안가를 따라서 전투경찰 초소들도 있었다. 지금도 있는지는 잘 모르겠다. 지금 생각해 보면 관동리 출신들은 참 좋은 부락에서 태어난 행운아들이다. 비록 면 소재지인 마명리와 멀리 있어서 좀 그렇지만 추억도 많고 고향 해변가는 그 어느 곳에 견주어도 빠지지 않을 곳이다. 관두봉의 위엄에다 그 아래 펼쳐진 해변가, 중학교 때 소풍 갔을 때는 지금의 느낌이 없었다. 바닷가 딱딱한 바위에서 삐딱하게 앉아서 점심 먹던 불편함만 생각나기 때문이다.

해남에서 공룡화석이 발견되었다는 소식에 관두산 아래 소풍 갔던 장소가 떠올랐던 그런 멋진 장소다. 공룡화석은 황산면 우황리에 있다. 시간을 조금 더 거슬러 올라가서 국민학교 4학년 무렵 화산면 전체가 들썩거릴 때가 있었다. 관동 방조제 준공이 있던 날이다. 학교를 파하고 동네 친구들이 집으로 가지 않고 관동 축석(방조제) 보러 간다고 한다. 축석(築石)이 뭔지도 모르려니와 너무 어려서 망설이다가 따라나섰다. 알다시피 학교에서 곧장 봉저리 집으로 가면 3.5km인데 학교에서 관동까지 빙 돌아서 거의 10km를, 그것도 한밤중에 돌아오는 길이었지만 어쨌거나 따라나섰다. 현장에 도착하니 인산인해다. 꽹가리, 북소리가 요란했던 것과 어른들이 막걸리 마시고 고래고래 소리 지르는 것밖에는 기억이 없다.

어두워지고 나서야 행사가 끝났는데 배는 고프고 집에 오려니 어떻게 든 동네 청년들 뒤만 졸졸 따라다니다가 불빛이라고는 없는 깜깜한 곳을 어디어디를 지나서 겨우 가좌리쯤 오니까 뒷면 신작로를 만나고 나니 어린 마음이 안정되었다. 가좌리에는 이모집(김기오, 김기상)이 있어서 거기서부터는 길이 익숙했다. 한참 그런 일이 있는 뒤 시간이 지나서 중학교 때 관두산에 소풍 갔을 때가 되어서야 방조제 준공날이었다는 걸 알게 되었다. 그 방조제 전까지는 경섬(경도리)은 말 그대로 섬이었는데 방조제 이후로는 들판 한가운데가 되어버렸고, 앞면 흑석리와 관동은 방조제로 연결되니 지척으로 변한다.

다시 무학리 대월산으로 되돌아 가보자. 해남을 '땅끝'이라고 부르게 된 정확한 시기는 잘 모르겠지만 대략 1988년, 88올림픽을 전후해서 대대적인 관광산업육성과 그 시기가 비슷할 것이라는 개인적인 생각을 해 본다. 해남(海南)이 있고 경남에는 남해(南海)가 있다. 한글이나 한자 뜻풀이로도 애매하고 설명하기에는 좀 더 공부가 필요할 듯하다. 다만 땅끝이라는 순수 우리말이 지금처럼 정착화되기 이전까지는 '육지의 최남단'이라는 표현이 더 일반적이었다.

보통 한반도 4극점이라고 했을 때 북(온성), 남(마라도), 동(독도), 서(신의주)를 가리키는데 섬 지역을 제외한 육지만을 놓고 봤을 때 송지면 송호리는 육지의 최남단인 것이다. 방송

전파와 중계에 관한 분야는 잘 알지 못한다. 요즈음에는 인공위성이 발달해서 그럴 필요가 없지만, 그때만 해도 서울에서 제주도에 방송을 보내는데 무주 덕유산 중계탑과 광주 무등산 중계탑에 이어서 송호리(지금의 땅끝전망대)가 최적지 같았을 법한데 무슨 연유로 무학리 대월산이 선정이 되었는지는 모르겠으나 그 당시 시골에서는 큰 구경거리이고 기념이 되기에 충분한 일이었다.

어찌해서 중계소 안에까지 개방이 되었다. 마을에 전기도 없던 시절 마명리 사람들은 신천지에 사는 듯 부러웠던 시절, 처음으로 텔레비전이라는 걸 볼 수 있었다. 그 신기하고도 경이롭던 순간을 지금도 잊을 수가 없다. 때마침 메르데카배 축구대회가 열리고 있었는데 이회택, 정강지, 이세연, 김정남 등 이광재 아나운서의 현장 중계와 함께 경기 중계화면을 보여주었다.

화산중학교 맨땅 축구만 보다가 축구공에 지남철이 붙어 있듯이 패스를 잘하는 걸 보니 집에 돌아오는 내내 길에서 친구들과 들떠 있었던 기억들이 지금까지도 생생하다. 뒤에서 올라오는 순서를 위해서 생애 최고의 구경거리를 잠깐으로 접어야 했으니 안타까움이 그만큼 컸고, 그 아쉬움에 이 글을 쓰고 있는지도 모른다. 지금 생각해 보니 녹화화면이 아니었을까 하는 의심이 가지만 그만큼 내가 세태에 닳았구나 해야 편하겠다.

대월산 중계탑과 아주 유사한 일이 봉저리에서도 있을 뻔했다. 마을에 비행장 활주로를 만든다고 한동안 떠들썩했던 기억이다. 지금도 그게 실제로 가능했을까 하는 의문이 드는 일이기는 한데 그런 꿈 같은 사건이 그것도 몇 달간 지속이 된 일이 있었다. 지정학적으로 그럴 수도 있었을 것이라는 생각이 들기는 하지만 그 어딘 가에 그에 대한 기록이 남아있다면 좀 더 알고 싶다. 너무나 오래된 일이고 나이가 어려서 어디에서부터 사실인지는 가물거리기는 하기는 하지만 겨울 한철 동안 마을에는 군용차량들이 여러 대가 상주하고 있었다. 생전 처음으로 코쟁이 미군들도 보았고, 각종 측량기계들을 메고서 뒷산인 덤벙산에서부터 용덕리 마을 입구까지 수도 없이 오르락내리락했다.

　어디에서부터 어디까지 활주로가 되고 누구네 밭은 나라에서 공출받아가니 씨앗을 뿌리지 말라는 둥 그때 당시에는 마을이 상전벽해처럼 변해버릴 것이라는 알 수 없는 이야기들로 밖에서 들어오신 아버지의 그날그날의 보고회(?)에 어린 우리들은 귀가 쫑긋쫑긋했다. 어린 마음에 날마다 집 앞에 차들이 오가는 것만으로도 신기하던 시절에 하늘을 나는 비행장이 동네에 들어온다는 사실은 누구래도 붕붕 뜰 수밖에 없는 일인 것이다. 푸른 가을 하늘에 제트여객기가 가물가물 금성산 상공을 통해서 제주도를 오갔다. 광주–제주 노선이 없던 시절이었으니

필경 김포-제주 항로가 우리 마을 상공이겠다는 생각이다. 나중에야 더 정확하게 알았지만, 제주 출장을 매월 갈 때면 비행기 위에서 고향마을을 내려다볼 기회가 많아서 고천암이 보이면 우리 집을 찾는데 그다지 어렵지 않다.

　군용 비상활주로는 대월산 중계소와 같이 지정학적으로 해석될 소지가 있는 일이었지만 봄이 되고 농사철이 되니 안개처럼 소리소문없이 철수해버린 일이 있었다. 대월산 중계소보다도 7~8년 전의 일이고 필자가 초등학교 입학을 전후한 시기였으니, 1965년 정도에 조그만 고향 마을에서는 그런 일도 있었다.

제6부

우정의 거북이 광주고속

금호의 몰락과 세계 경제

어머니에 대한 감정을 글로 표현한다는 것이 쉽지 않듯이 호남인들에게 광주고속은 한마디로 표현하기 힘든 여러 가지 애증이 켜켜이 쌓여 있다. 미우나 고우나, 싫으냐 좋으냐의 차원도 아니다. 집안의 큰아들 같은 든든함도 있고, 살림 사는 큰며느리, 공부 잘하는 둘째의 자랑스러움이 겹쳐있다. 회사지만 가족 같고, 고향의 대소사를 책임져왔던 든든한 후원자이기도 하였다.

그랬던 광주고속이 2025년 현재 역사 속으로 사라져버렸고 가족 같던 회사들은 이집 저집으로 찢겨 팔려나갔다. 외국으로 입양까지 시켜야 했다. 필자는 다니던 회사가 IMF 때 우연히 그 회사에 편입되는 바람에 직장 말년을 거기에서 마쳐야 했다. 비단 그 회사만의 문제는 아니었고 기업의 존망에는 기업문화와 시대의 흐름을 판단하는 고도의 전략이 필요하다는 것을 현장에서 지켜보고 나서 반면교사 보았으면 하고 이 무거운 주제를 잡아봤다. 또한 한국 기업들의 장래, 나아가 자본주의의 변형에 대해서도 살펴볼 기회가 될 것이라 생각해서 비망록 삼아 남겨본다.

얼마 전에 한국의 자영업자 10년 내 잔존확률이 2%라는 글을 읽었다. 이것은 미국에 사는 나하고 상관이 없는 문제가 아니고 매우 중요하다. 아시다시피 미시경제와 거시경제가 별반 구분마저 없이 맞물려 돌아가는 상황에서 갈수록 세상살이가 힘들어지고 희망이나 행복 지수라는 게 무의미해지고 오로지 생존지수, 즉 사느냐, 만약 살아남게 된다면 몇 대까지 살아남을 수 있겠느냐 하는 연구가 진행되는지도 모르는 세상에 서 있다.

일반 서민들이 타기에는 부담스러웠던 최고급 리무진 버스였다. 호남인들이 바라보기만 해도 가슴 벅차했던 정답고 자랑스럽던 광주고속. 2차선 호남고속도로를 타고 여산휴게소에서 정차한 뒤에 반포터미널까지 4시간이 걸렸다.

호남 사람들이 지금의 아시아나, 그러니까 광주고속버스로 광주를 출발하여 호남고속도로를 타고 대전을 지나 반포에 자리한 강남터미널에 도착하면 지어도 어떻게 그렇게 지었을까 싶게 컨테이너 조각들을 덕지덕지 붙여서 굴처럼 만든 단층 짜리 호남영동선 터미널 속으로 들어간다. 바로 옆에 피라미드처럼 높이 솟은 경부선 터미널은 '율산'이라는 광주서중 출신 신선호라는 사람이 지었다.

이 신선호와 그의 몇몇 친구들은 자본금 100만 원으로 불과 3년 만에 자본금 100억이 넘는 14개 회사를 거느리는 그룹을 이룬다. 약관의 20대 후반의 나이였다. 그러나 박정희 말년에 석연치 않은 이유로 율산은 박살이 나버린다. 왜 버스터미널마저 이렇게 다를까 생각해 본들 생각하는 사람만 비참해지니 같은 일행끼리도 눈만 껌벅거려야 했다. 희멀건 보리죽이라도 감지덕지하는 마음으로 뼛속까지 호남 출신임을 지워버려야만 하다못해 대기업체 면접이라도 통과해서 입사를 할 수가 있기 때문이다. 언제나 터미널을 새로 지을지 서울에 올 때마다 기대해보지만 영원히 짓지 못하고 20년간 그대로 쓰다가 결국 자가용이 늘어나고 육상대중교통이 줄어드니까 기존 경부선 터미널과 통합해 버리면서 그 흉물 같은 호남영동고속터미널이 사라져버렸다.

그래도 악착같이 기업 같지도 않은 그 고속버스를 자기 것인 양 타고 다녔다. 하기야 다른 버스라는 것이 있지도 않아서 할 수 없이 타고 다녔다는 말도 틀리지 않다. 어쨌거나 기업체라고 는 눈을 씻고 찾아봐도 과자 파는 해태제과, 조미료 파는 미원, 그리고 광주고속 정도였으니 회사라고 하기보다는 사돈네 팔촌 끼리 그냥 꾸려가는 그렇고 그런 회사가 망하지도 않고 근근이 생명을 부지하고 있었다. 야구선수라고 모아서 가진 것이라고 는 몸으로 뛰는 것이라서 구색 맞춰 만들어 놓은 해태타이거즈 는 경기는 잘했지만, 선수들 연봉을 볼라치면 6개 구단의 최하 위인 삼미수퍼스타즈 와도 한참이나 밑이다. '그런 것이 다 무 슨 겉치레냐. 오늘 이겼으니 됐다'고 하면서 소주 한잔 털어 넣 고 게임에 이기는 날이면 충장로 소줏집에서 목울대를 울리면 서 '목포의 눈물'을 부르며 행복한 한때를 같이했다.

그런 회사가 뛰어봐야 벼룩인 줄 알았다. 광주 전남지역에서 고 박인천 광주고속 사장은 토속 부자는 아니었고 해방과 더불 어 헌 군 트럭을 버스로 개조해서 여객 사업을 해서 돈을 모은 다. 그렇게 차근차근 버스비 한두 푼을 모아서 성공했고, 사업 운보다는 정직하고 근면하게 돈을 모았다. 필요해서 삼양타이 어공장(현 금호타이어)도 만들고, 한국의 부자들이 그랬듯이 이 미지 쇄신을 위함이었던지 중앙여고와 금호고등학교도 세운다. 그 금호고등학교 체육선생이던 기영옥은 나와 고등학교, 대학 교 동기동창이다. 그의 아들이 축구 국가대표 기성용이며 탤런트 한혜진의 남편이다. 박인천은 성격도 온화했고 동네 인심도 후했으며 자식 농사를 잘 지었다고 칭찬이 자자했다. 그래서인지 상대적으로 동네에서 욕을 덜 먹은 부자였다.

나중에 그 잘 지었다는 자식들이 싸움질하면서 현재 개 박살이 나 있지만 말이다. 첫째 창업자 박인천의 뒤를 이어 첫째아들 고 박성용이 금호그룹 2대 회장이 된다. 이 사람이 서울대, 예일대 대학원을 나왔다. 경제부처에 근무하면서 중앙정부와 인연을 맺었고, 88년 민항 아시아나를 군사정권으로부터 하사받았다. 그것도 광주사람들은 그저 잘된 일이라고 박수쳤다. 지방에 부자 하나 있으면 무슨 덕을 보는 줄 알고 말이다. 3대 박정구는 광주고, 연세대를 나왔고 형으로부터 형제간에 그룹을 물려주는 모습이 한국 기업에서는 아주 독특하고도 보기 좋은 모습으로 비쳤다.

그의 여동생 박현주는 미원의 임창욱에게 시집가서 삼성 이재용과 이혼한 임세령을 낳는다. 임세령은 당시 권문세도가에서 서로 며느리 삼으려고 쟁탈전이 심했다고 알려졌다. 미모와 재능을 가져서 화제를 모았었는데 결국 삼성가로 갔다. 이재용과의 결혼, 그다음은 여러분도 아는 내용이다. 불과 50여 년 전 그 임세령의 할아버지 임대홍은 미풍의 제일제당과 사활을 건 싸움을 한다. 그때 임대홍이 미원을 지켜냈던 한마디 '미풍의

제일제당은 이병철의 일부이지만 미원은 임대홍의 전부다.'

　가격경쟁과 물량포화로 미원을 죽이려 했던 제일제당에 거꾸로 가격을 2배로 올려버렸는데도 소비자들이 미원만을 선호해 버렸던 기억과 일화는 유명한 '기업전쟁사'로 남는다. 이런 할아버지들의 악연도 돈 앞에 어쩔 수가 없었나 보다. 물론 '역린'의 운명을 비켜 가지는 못했지만 말이다. 왜 이렇게 금호에 대해서 장황해야 했는가. 그게 사내 유보금과 개인의 생존과 무슨 관계가 있겠는지를 경제 전문가도 아니고 깊이도 별로이지만 사회학적 관심에서 출발하여 시리즈로 엮어가고자 한다.

최소국가론 & 정의론

여러분은 본의든지 아니든지 아래 열거한 두 사람의 이름을 기억해 놓는 것이 향후 여러분의 입에 들어갈 양질의 음식이나 편안한 의자를 선택적으로 고를 수 있게 되기도 하고 그렇지 않을 수도 있다는 사실을 미리 예견할 수 있는 것이어서 필요하다고 생각한다.

첫 번째 인물이 로버트 노직(Robert Nozick)이라는 사람이다. 정부 개입의 정당성을 근원적으로 의심한 인물이 미국의 정치철학자 겸 정치경제학자인 노직이다. 러시아에서 이주한 유태계 사업가 아들로 태어난 그는 '최소국가론'을 제시, 잃어버린 개인 권리를 되찾는 데 결정적인 기여를 했다. 최소국가란 폭력과 사기, 기만으로부터 시민들을 보호하고 계약을 집행하는 과제만을 수행하는 자유방임 국가를 말한다. 이런 국가만이 도덕적으로 정당하다는 게 노직의 생각이다.

레이거노믹스나 대처리즘의 상당한 근거를 제시했고 복지를 위해서 증세를 하는 것에 근본적 회의가 있는 이른바 '최소국가론'의 창시자이다. 한마디로 신자유주의 시장경제의 소득재분배에 대한 명쾌한 대안도 없이 교회나 자선단체에 기대라고 하는 것은 필자의 입장에서 보면 한심한 이론가이다. 그러나 이미 힘은 저들에게 있다.

두 번째 인물은 여러분도 잘 알고 있는《정의론》의 저자 존 롤스(John Rawls)이다. 너무나 잘 알다시피 정의론은 두 가지의 원리 즉, 자유와 분배의 원리가 그것이다. 첫째로 자유가 제한받을 때 의욕이 상실되어 활동 의욕을 잃게 되기 때문이다. 하지만 자유가 소중하다고 하여 무한적으로 방종하게 되면 여러 불평등한 상황을 야기하고 이것은 정의롭지 못하다는 것이다. 따라서 제1 원리인 자유는 사회적 약자에게도 이익이 되는 조건에서만 허용이 되어야 한다는 것이다. 그것은 개개인의 능력은 개인의 것이 아닌 사화의 공유재산이며 그 능력은 우연하게 주어진 것인 만큼 개인이 소유해서는 곤란하다는 것이다.

너무나 첨예하게 배치되면서도 오늘날 개인의 일상생활 속에 적용되는 이 두 가지 개념은 향후 전개될 사내 유보금과 관련하여 기업과 개인의 생존, 즉 내가 2025년 현재 어떤 생존지수에 머물러 있고, 향후 생존이 얼마만큼이고 세월호에 느닷없이 희생되지 않더라도 토끼 같은 내 새끼들이 이 사회에서 어떻게 생존을 영위할 것인가 하는 것에 대한 조그만 고려가 되지 않을까 해서 이야기를 지속하려고 한다.

결론 같지도 않는 결론부터 말하자면 매우 회의적이라는 게 그 전망이다. 이 연재의 시작이 10년 전이던 2015년부터 시작되었다는 것을 알고 나도 놀랐다. 나는 1998부터 2000년 말까지 약 3년간 본사와 서울지역에서 근무했다. IMF 때 이전의 동아그룹이 망하는 과정에서 개별회사들이 뿔뿔이 팔려나가는 과정에서 공교롭게도 내가 입사해서 15년을 다녔던 회사가 금호에 편입되었던 것이다. 향토기업이라고 해서 처음에는 멋도 모르고 기대를 했었다.

　다시 금호 이야기로 이어가 보자. 모두에 고 박인천 창업주에 대해서 상당히 높은 점수를 주었던 이유 중 하나는 5남 3녀의 자식 농사와 비교적 주변 관리를 잘해서 크게 원을 사지 않았는지 돈으로 이미지 관리를 했는지 아니면 평소의 과묵한 성격 때문에 지역에서 소위 설치고 돌아다닌 흔적들이 별로 크지 않았다. 젊어서부터 장사했지만, 성공 못하는 바람에 나이 30에 일본 순사가 된다. 친일 부역을 한 것이다. 이런 우연과 인연이 해방 후 운송업을 할 수 있는 기반을 이루었으니 주변 눈치도 있었을 것이고, 생계형 친일로 생각하게끔 재빨리 관직에 남아있기보다는 돈 버는 쪽으로 선회한 듯하다. 1997년 김대중과 이회창이 붙은 15대 대선에서 금호는 용감하게도 이회창의 편에 선다. 결과는 김대중이 당선되니까 얼마나 당황했겠는가.

김부겸 & 이정현

그 시절이 2대 박성용에서 3대 박정구에게로 회장이 이동하던 시기였다. 김대중 취임 때까지는 박성용 체제였으나 재빨리 박정구로 이양이 되었다고 보는 게 더 정확하다. 박정구는 형 박성용과 약간 다른 길을 걸었다. 박성용이 학구적인 스타일이라고 한다면 박정구는 지역의 광주고등학교 인맥을 바탕으로 지방에서 저변을 일찍부터 넓혀 온 터였다. 그만큼 광주의 지방 민심을 다스리는데 수월했다고 보면 맞을 것이다. 재빨리 바통을 넘기고 국민의 정부를 맞이한다. 5남이던 박종구도 국민의 정부 고위직에 들어가면서 정권에 재빨리 붙는다.

다소 불편할 수 있었던 금호와 국민의 정부 간은 김대중이 불편하게 할 수도 없는 구도, 즉 금호 오너가는 그런 정치적인 계산을 실제 했더라도 금호에 속한 종업원들의 대부분은 소위 민주당 97% 몰표 대열에 합류했다는 것은 삼척동자 아는 것이어서 이렇게 명분과 실리를 취하는 쪽으로 조용하고 자연스럽게 서로 간 언급을 자제하면서 IMF를 맞게 된다. 겨우 간당간당 남아있는 금호마저 손봐버릴 독한(?) 김대중이 못되었고, 정치적 본거지에서 평지풍파를 일으킬 필요까지는 거의 없었을 수도 있는 것이다. 금호의 이야기는 비단 금호만의 이야기가 아니고 한국의 재벌들의 흥망 쇠락이 비슷할 수 있고, 그래서 케이스 스터디 하자는데 그 의미가 더 있다.

사람의 사회적 적응 양태를 다양하게 연구하는 재미있는 결과를 읽은 적이 있다. 위에 잠깐 언급했듯이 최소국가론을 신봉하는 사람 중에는 도무지 이해가 안 가는 군상들이 있다는 것이다. 돈과 권력이 있는 사람들이라면 당연하게 추구할 이론이지만 돈도 없고, 권력도 없으면서 '강자에 굴욕적으로 복종'해야 심신이 편안해지는 그런 DNA를 가진 사람들이 있다는 것이다. 매우 단순하고 편하게 세상을 바라보고 실제로 자신들의 적용 대상이 현세에는 정확하고도 맞게 돌아간다고 믿는 사람들이다. 이런 개인들의 사소한 착각들이 나라의 경제민주화에 가장 큰 걸림돌로 작용하기에 문제의 심각성이 있는 것이다.

이를테면 폐지를 주워 평생 모은 돈을 사립학교에 기부하는데 그 사립학교 이사장은 외제 차에 최고급 호텔 아침 식사로 일과를 시작하는 경우 등을 어렵지 않게 목격할 수 있다. 인간이 태어나서 추구해야 할 가치가 다양함에도 불구하고 '돈을 벌기 위해서 아니면 출세하기 위해서'의 두 가지 조건으로 묶어 놓고 사람을 판단하고 평가한다. 그래서 높은 자리에 있는 사람은 무조건 존경해야 하고 돈 많이 가지고 있는 사람에게는 본받아야 한다는 생각으로 다른 가치에 대해서는 별 무관심으로 소용이 없다고 생각하며 사는 사람들이다.

　새누리당 국회의원으로 순천·곡성에서 당선된 이정현이 있다. 이 친구는 모든 조건에서 정치인의 기준으로 본다면 광주에서도 별 볼일이 없는, 평범 정도의 조건을 가지고 있었다. 그런데 현재 집권 새누리당의 최고위원이 되어 있다. 이 친구보다 훨씬 이전에 이환의라고 하는 영암 출신 MBC 사장이 있었다. 박정희 밑에서 40도 안 된 나이에 전북도지사를 지냈다. 5·18이 일어난 광주에서 민정당 조직책을 맡은 인물이다. 떨어지는 줄 알면서도 계속 민정당, 민자당, 한나라당으로 출마한다. 나중에는 하다 하다 비례대표로 국회의원까지 했다. 누가 손가락질을 하든 말든 개의치를 않는다. 이 친구의 바통을 받은 사람이 이정현이다. 전형적인 친일의 DNA가 녹아 있는 그런 부류이다. 이들이 이런 여당을 택하는 순간 밥 먹고 사는 걱정은 이미 끝냈다고 봐야 한다. 선거하면서 고민도 크게 없다. 중앙당에서 받은 걸로만 선거를 치른다. 떨어질 것은 너무나 당연한데 떨어지고 나서 오히려 격려받고 지자제 시행 전에는 지역의 공무원 인사권까지 주물러댄다.

　일제 치하의 연장선에 하나도 다를 게 없어 보였다. 같이 졸업한 동기생 하나가 전두환의 민정당 사무처 밑으로 기어들어

가는 걸 보고 '세상'과 '선택'이라는 큰 충격을 받은 것이 벌써 45년 전 일이다. 언론은 그런 이정현이와 대구의 김부겸을 같은 저울에 올려놓은 경악할 짓들을 하고 있다. 김부겸 전 의원과 가진 몇 차례의 식사 자리에서 영남 선비의 풍모와 기개를 나는 느꼈다. 그가 씁쓸하게 웃는 웃음 사이로 흐르는 장탄식을 나는 읽을 수가 있었다. 김부겸은 후에 국무총리를 지냈다. 금호는 돈 버는 사업체이니까 간에 붙었다 쓸개에 붙었다 할 수는 있다고 보지만 이렇게 극적인 경우는 상상하기 힘들다. 그래도 그때까지는 우리의 광주고속은 운이 좋았다고 생각한다.

스스로 멈추지 않는 욕심

2015년 2월 25일 아시아나항공 경영권을 놓고 인수전이 가열되고 있다는 경제면 기사가 떴다. 기업의 흥망은 어쩌면 개인의 흥망보다 사이클이 빠를지도 모르겠다. 금호산업이 넘겨지고, 그 금호가 가지고 있는 아시아나가 넘어가는 것은 금호그룹의 4대 회장 박삼구의 사내 유보금이 부족하기 때문이었다. 사내 유보금은 아니지만, 박삼구가 현재 동원할 수 있는 1,500억 원은 적어도 1998년 IMF 이전이라면 엄청난 여유자금이다. 땅 투기를 했다면 실로 엄청남 돈을 불릴 수도 있는 돈이다. 그런데도 울면서 넘겨줄 수밖에 없는 세상이 되어버렸고, 이러한 상황은 삼성도 예외일 수가 없고 궁극에는 애플사도 마찬가지일 것이라는 좀 과장된 결론을 내리게 되는 것이다.

그렇다고 박삼구가 바로 빌어먹게 된다는 뜻은 아니다. 어쨌건 박인천으로 시작된 금호그룹의 본류가 맥없이 나가떨어지는 것이 이 연재를 시작한 시점과 맞아떨어지는 것이 공교롭다. 금호를 모델로 내세운 것은 삼성보다 규모가 그다지 크지도 않고 한 지역을 기반으로 맹주 노릇을 해 왔다는 점에서 삼성이 구가하고 있는 한국 내에서의 위치와 비견되기 때문이고 삼성의 미래 나아가서 애플이나 MS도 속도와 시간의 문제이지 궁극은 같은 결론에 도달하게 될 것이라는 한심한(?) 나름의 결론을 생각해 볼 수가 있어서였다.

1990년대 중반에 금호는 광주시 양동 중앙여고를 교외로 옮겨버린다. 여자고등학교치고는 광주 시내에서 상위 학력 수준을 유지하고 있었는데 전통 재래시장인 양동복개상가 주변이어서 학습환경에 좋지 않다는 나름의 이유를 내세웠다. 그리고 그 터에 양동 금호아파트를 지어 팔았다. 그리고 남은 터에 당시 서울 이남에서는 가장 높은 빌딩이라는 30층 높이의 금호 광주 사옥을 준공하게 된다.

멋모르는 시민들은 새로운 랜드마크가 자기 것 인양 그렇게 무등산과 금호빌딩을 쳐다보고 살았다. 적어도 그때까지는 그래도 그 탐욕을 가늠하지도, 시기하지도 않았었다. 정치적으로 김대중이 비록 김영삼에게 패하여 영국으로 떠나버렸지만 재기를 노리고 있었고, 집권 신한국당에 이어 새천년민주당으로 입지를 다듬고 있을 시기였기 때문에 지역 내부에서 하나 마나 한 도토리 키재기할 마음들도 별로 없었고, 이렇게 야금야금 그들만의 탐욕을 구가하고 있는 것을 누구도 눈치채지 못하였다.

그런데 광주 시내 한복판에 있던 대인동 시외버스 터미널 부지를 외곽 광천동으로 옮긴다는 소문이 돌더니 소문은 소문이 아닌 것이 되었고, 불과 3~4년 만에 전광석화처럼 터미널이 옮겨지면서 그 자리에 20층 광주은행 본점이 들어섰다. 광주은행의 지분을 금호가 상당히 가지고 있고 은행경영에 직간접적으로 영향력을 행사했을 것이라는 것은 공공연한 사실이다.

그런가 하면 대형 롯데백화점을 입점시킨 것이다. 그 이전까지 광주 시내에는 서울의 백화점과는 비교가 안 되지만 화니백화점과 가든백화점이라고 하는 지금의 대형마트에 브랜드 의류 정도를 취급하는 지역백화점이 그런대로 탄탄하게 영업하고 있었다. 하루아침에 2개 지역백화점을 날려버린다. 그런가 하면 기존 양동의 30층 금호빌딩과 새로운 광주은행 20층 빌딩의 사무실은 변변한 오피스 빌딩이 많지 않은 광주 시내 금남로, 충장로의 건물 공실률과 임대료 폭락을 부채질하게 된다. 그들의 탐욕은 여기에서 멈추지 않았다.

영혼 없는 탐욕

상무지구가 인구 10만 수용의 초대형 단지가 조성되고, 극락강 건너 하남지역으로 왕복 8차선의 대형 도로가 개설되면서 광천 터미널은 또다시 이전 10년 만에 상권의 중심이자 노른자위 땅으로 변한다. 터미널 주변의 땅까지 미리 사놓은 금호는 그 위에 신세계 백화점, 이마트 건물을 짓도록 땅을 임대 해준다. 그런가 하면 터미널 건물을 증축해서 'U-스퀘어'라는 쇼핑몰을 만들어서 서점, 영화, 스파, 식당 등 식료·농수산 품목을 제외한 거의 전 분야의 쇼핑이 가능하도록 현대적 쇼핑 공간을 만드는 재주를 부린다.

물론 늘어난 인구에 따른 수요의 충족이라는 부분과 이익 창출이라는 기업적 마인드로 봤을 때는 하등의 나무랄 일까지는 아니다. 문제는 이 글 모두에 적시한 대로 소 영세업자들의 임대료 문제를 야기, 경쟁의 격화, 수익률 저하, 도산의 악순환을 광주 시내 전체에 확산시키고, 오직 자기 배만 불리기 때문이고 이것이 궁극에 어디를 향할 것인가의 문제로 귀착되기 때문이다. 기업의 문제는 가계의 문제이고, 정부의 문제 또한 그래서 차후로 다뤄지겠지만 같이 맞물려 돌아가게 되어 있다.

공직에 계신 분들도 질식의 고통만을 잠시 연장만 할 뿐이다.

며칠 전인 2015년 4월 1일 한겨레 경제면에는 30대 그룹도 상위그룹 4개만 흑자이고 중하위는 적자라는 기사가 났다. 대한민국의 기업집단 중에 단지 4개 그룹만 흑자라니. 이게 몇 년을 더 지속할 것이며, 단 1개 아니 그룹 전체가 적자가 나는 일, 세계 경제가 망하지 않는다고 누가 장담할 것인가.

2001년 필자는 회사를 떠났다. 광화문 근처에 멀쩡한 큰 빌딩이 있는데도 건너편에 더 큰 빌딩을 새로 또 지었다.

사내 유보금, 개인의 비상금, 이 연재를 시작하면서 경제에 대해서 문외한이나 다름없는 필자가 신자유주의의 비극이나 미증유의 사태를 예견한다는 건방이 아니래도 현대를 살아가는 동시대 사람들이 매일 느끼는 불안감도 거의 비슷하지나 않을까. 왜 이렇게 나아지리라는 희망은 갈수록 희박해져만 가는가. 같이 숙고하고자 했던 것이 그 동기였다. 공정거래 위원회의 발표에 의하면 지난해인 2014년 상위 4그룹(삼성, 현대, SK, LG)의 당기순이익은 39조 흑자, 중위그룹(-1조 9,000억), 하위그룹(-7,000억)으로 나타났다.

　그마저도 일부에 집중되어 있다. 삼성(18조), 현대(12조), SK(6조), LG(3조), 우리의 호프(?) 금호산업은 익히 알려져 있다시피 워크아웃 진행 중이고 지난해 말 채권단으로부터 조건부 워크아웃을 졸업했기 때문에 30대 그룹에서 이미 이름도 빠져버렸다. 그러나 작년에 순이익 1,056억을 달성하는 기염(?)을 보인다. 왜 기업이 어려워지고, 그 기업이 어려워지면서 가계와 정부, 더 나아가 미래의 삶에 어떤 영향을 미치는 것인가. 그냥 흥미로 지나가기엔 심각하다.

　그래서 다시 역사 공부로 되돌아 가 보자. 2006년 대우건설 인수, 건설업계 도급 순위 최상위의 대우건설을 당시 6조 4,000억 원에 인수했다. 2009년 현재 영업 매출에서 그룹 주력인 아시아나(4조)보다도 많고, 금호그룹 전체 매출(23조)의 30%에 육박하는 걸 인수해 버렸다. 단숨에 재계 서열 7위까지 치고 올라간다. 이때 박찬구 금호석유화학 회장은 인수에 반대의견을 피력한 것으로 알려졌다. 여기에서 누가 옳았고 틀렸고는 그렇게 중요하지 않다. 기업은 깡다구이고, 그 깡보다도 현실적인 판단과 미래의 안목, 설립 동기와 성공 과정 등 다양한 분석과 연구 과정을 치열하게 거친 다음에 결정되기 때문에 잘해보려고 했지, 망하려고 그런 결정을 하는 사람이 누가 있겠는가.

그러나 소비자는 간사하면서도 냉정하고, 주주들 또한 더 영리하고 실패나 실수에 대해서는 가차가 없다. 무조건 '성공해야 하는 메커니즘', 비단 금호만의 문제는 아니다. 바로 우리들 마음에 스멀스멀 저장되고 영혼을 갉아먹고 있는 현 상황, 레이거노믹스나 대처리즘으로 대변되는 신자유주의라는 괴물에 대해서 어떤 대안과 처방이 있겠는가를 경제학적인 관점보다는 사회학, 정치학적인 관점에서 감히 진단해 보자는 것이다.

금수저 & 흙수저

기성회비(期成會費)라는 것이 있었다. 학교 운영자금 조달을 위해 학생들에게 징수하는 것으로 1972년 초등학교를 시작으로 단계적으로 없어졌는데, 지금도 사립대학을 제외하고는 국공립대학에서는 징수해 오던 것을 근자에 와 '그 근거가 없다'는 대법원 판결이 나온 뒤에 반환 소송이 있다는 보도를 접한 기억이 난다.

1960년대에 학교를 파하기 전에 종례 시간이 되면 선생님들이 집에 돌아가서 학교 수업의 연장으로 집에서 무엇을 하고, 과제물을 확인하고, 가정에 무슨 일들이 있는지를 확인하고, 안전 귀가를 당부하는 자리였다. 당연히 그런 말씀을 하셨을 텐데도 그런 건 기억에 하나도 없고 청소가 끝나고 나면 자리에 앉혀 놓고 한 학생씩을 불러 세운다.

공부 잘했다고 칭찬하는 게 아니고 기성회비 미납 학생들을 호명하고 언제 기성회비 가져올 것인가, 부모들에게 체납 사실을 말했는가를 확인하는 자리이다. 그 학생은 숙제와 함께 기성회비라고 또 한 번 잊지 않게 적어놓아야 했다. 경기도 어느 학교 교감이 점심시간에 급식비 납부 체크했다는 보도를 보고 생각이 났다. 적어서 집으로 간다고 시골에서 금방 돈이 나올 리가 없다. 한 학기 내내 불려 다니고 일어서는 학생도 있다. 어느 날 학교를 그만둔다.

반면에 기성회장 아들은 3학년 이하 저학년 때는 무조건 반장을 하지만 4학년이 되고부터는 공부는 못해도 부반장은 한다. 염치가 있는지 공부 못하는 자식을 반장 시켜 놓으면 손가락질당하고 오히려 부작용이 있을 것을 감안해 그렇게 했던 것 같다. 아무리 어려도 4학년이 넘어서면 국정교과서보다도 더 큰 '사화과 부도' 책을 받아 들고 볼 줄 알고 세계 속에서 한국이 어느 구석에 위치하고 있으며 각자 사회적인 포지셔닝을 알아차릴 때가 된다. 그래도 학급의 임원은 다른 출발선임은 틀림이 없다. 자식 키워 본 사람들은 모두 다 아는 사실이다.

고려시대에 음서제(蔭敍制)가 있었다. 양반 자제들에게 과거를 거치지 않고 특별전형으로 관리를 차출하는 제도였다. 요즈음에 와서 곰곰이 생각해 본다. 우리 집안도 뼈대 있는 집안이라고 뒷방에서 먼지 낀 족보 3권을 3년 전에 아버님이 머나먼 미국까지 갖다주셨다. 그리고 아버님은 작년에 돌아가셨다. 소위 뿌리를 잊지 말라는 뜻으로 받았고 또 자식들에게도 그 이상의 의미를 두지 않으려고 한다. 사실 그럴 필요도 없다. 족보를 볼 줄도 모르고 관심도 없기에 아들 이름 적힌 페이지만 접어서 다시 지하실 깊숙한 곳에 놓아두었다.

현대에 생존해 있는, 살아남아 있는 대다수는 거의 족보라는 걸 가지고 있다. 없으면 비슷한 양반댁 집안에다 쌀을 주고 살짝 집어넣기도 한다는 걸 어렸을 적에 들을 적도 있다. 음서를 했든 뭐를 했던 양반이고 살아남기 위해서 치열하게 내 선조들이 살아왔던 것만은 사실이다. 몇 년 전에 드라마 '추노(推奴)'가 인기리에 방영되었다. 도망간 노비를 추격하여 잡아 오는 일을 하는 사람을 '추노꾼'이라고 하고 그걸 직업으로 삼았었다. 엄밀한 의미에서 향후 10년 정도 더 지나면 현대인은 정확하게 3등분의 계급사회가 더 확실해져 있을 것이다.

지배계급, 정규직, 비정규직. 여기에서 비정규직은 과거 노예계급과 거의 모든 게 정확하게 일치되고 비정규직의 신분 상승은 그만큼 대대로 어려워지고, 정규직은 앞으로 더 많은 숫자의 신분 하락은 기하급수적으로 늘어날 것이 뻔해 보인다. 내가 이렇게라도 눈이 뜨이게 해 주셨던 선조나 부모님께 감사하는 한편으로 자식들에게 이런 꿈마저도 포기하지 않게 하려고 그 무한 경쟁의 대열에 뛰어들고, 탈락하지 않도록 하는 내 모습이 차라리 안쓰럽다.

오늘 아침 신문의 톱기사에 서울 강남의 도곡초와 도성초 사이에 입학 풍경에 대해서 언급한 부분을 봤다. 한국의 노른자위

땅 강남, 그중에서 도성초 학급당 학생 수가 37.5명, 400미터 떨어진 도곡초는 24.1명이다. 서울 평균 24명, 강남 평균 25.6명이다. 도성초 입학 대상 아파트 평균 가격이 10억 원이 넘는 것이 그 이유이고, 학부모들의 신분이 소위 지배계급 군에 속하는 사람들이다. 가장 중요한 이유가 부유층 자녀와의 인맥 쌓기를 초등학교 1학년 때부터 하겠다는 부모들의 몸부림이고 위장 전입에 대한 단속법은 3년 이하의 징역이나 1,000만 원 미만의 벌금이지만 벌써 사문화되어 버렸고, 주민등록법 위반으로 장관, 국무총리 못하는 나라는 이미 아니다. 모두 어디를 향하여 맹진하고 있는가.

금호가의 자식 농사에 대하여 언급했던 적이 있다. 나는 미국에 와서 3개의 비지니스에 9명의 남미 출신 종업원들과 같이 생활하고 있다. 형편이 정말 딱하고 한 푼의 돈이 더 필요한 과테말라 친구들 2명을 엊그제 지하 방을 깨끗하게 정리하고 그냥 같이 산다. 그들과 이야기를 나눈다. 유난히 슬픈 눈동자에 이제 겨우 나이 30정도 밖에 안 되었는데도 인생사의 곡절들이 즐비하다. 그들의 조상들이 지배자 백인들에게 가족들 앞에서 가장이 무참하게 살해되고 살아남은 여자들과 아이들이 살아남기 위해 가장을 죽인 그들과 가족으로 다시 맺어진 통곡과 통한의 역사를 튀어나온 광대뼈 사이로 엿볼 수가 있다. 왜 그들은

'죄 없는 불행'을 안고 이 세상에 태어난 것일까.

만약에 삼성의 이재용이가 삼성가에서 태어나지 않았다면, 금호가의 자식들이 금호가에서 태어나지 않았다면 하는 생각을 해본다. 그 나이에 한국의 일반인들이 삼성가에 태어날 확률은 1/80만이다. 80만은 한 해 대학 응시자에 조금 더 보탠 숫자로 추산했다. 그게 이재용에게는 100%였다.《정의론》의 저자 존 롤스가 개인의 능력은 우연히 주어진 것이므로 그 개인이 모든 것을 소유하는 것은 사회정의에 배치된다는 말에 강하게 동의할 수밖에 없다. 요즈음 드라마 중에 '풍문으로 들었소'라는 한국의 신 부유층의 천박함을 꼬집는 블랙코미디도 맥락을 같이 하고 있다고 생각한다.

들소 떼 경제학, 박현채의 고민

 인간의 포악성과 관음증은 갈수록 흉포해지고 있다. 스포츠를 가장한 '격투기'라는 팔각 링에서 펼쳐지는 무지막지한 폭력물을 한없이 약할 것만 같은 여성 관객들이 더 환호하는가 하면 중국의 어느 도시에 있는 동물원에서는 산 송아지를 호랑이 우리에 넣어주고 잡아먹히는 장면을 관람시켜 주고 돈을 번다.

 지금도 여전히 과거 '동물의 왕국' 다큐물을 즐겨 봐온 영향인지 나는 요즈음에도 유튜브에서 아프리카 사자가 물소를 사냥하는 장면들을 심심찮게 자주 본다. 특히 이것은 조금 나태해지거나 동기유발이 필요할 때면 상당한 효과가 있는 듯도 하다. 자연현상이기도 한 포식자와 피식자 사이의 생명을 건 사투 장면을 다양한 형태로 컴퓨터 앞에서 적나라하게 볼 수가 있다. 운명이고 숙명으로 지나쳐버리면 좋을 장면에서도 그 지랄 같은 측은지심(?)이 발동하려고 하니 이 또한 숙명일까.

 제목에 내보인 '들소떼 경제학'이라는 것에서 살짝 힌트를 드렸던 바와 같이 뭉치고 대항하면 최상위 포식자인 사자 떼도 물리치기도 하고 종족의 피해를 최소화할 수도 있다는 차원에서 들소들이 사자를 거꾸로 반격하는 반전의 장면들은 오히려 갈

증까지 해소해 준다. 어떤 때에는 피식자 물소가 사자를 뿔로 들이받고 죽이기까지 하는 장면은 당연히 압권이다. 자연의 세계에서도 이런 반전이 있는데 반해서 현실의 인간사회는 들소 떼들의 이런 반격조차도 무망한 꿈으로 만들어 버린 현실들이 이미 너무나 흔하다. 무기력하다 못해 그 절망의 출구마저 희미해져 버렸다는 탄식이 오히려 맞을지도 모른다.

비록 총선에서 뭔가 조금 '가망의 빛'을 보여주기도 하지만 여전히 한쪽 다리만도 못한 사자 한 마리를 에워싸고 있는 수백 마리의 겁먹은 물소 떼(유권자)들은 그들의 심중을 헤아려 줄 참 주인을 선별하는데 여전히 주저하기도 하고 회피해 버리고 거꾸로 '계급 배반 투표'(자신의 신분을 대변해 줄 후보자를 배척하고 거꾸로 반대자에게 투표하는 행태)까지도 서슴지 않고 있다. 이런 물소 떼가 사자를 향하게 할 구심점 형성의 문제가 여전히 안갯속 일 듯하여 내년 대선의 전망도 그리 밝지는 못하다. 사자 대 물소의 대결이 아니고, 물소 떼의 '단결'이 이 더 관건일 게 틀림없다.

'경제가 정치를 견인하는가, 정치가 경제를 리드하는가?' 이미 한국의 현실은 경제가 정치를 견인하고 있다는 점잖은 표현보다는 정치가 경제에 예속되어버려서 차기에 어떤 정권이 들어서더라도 구조적인 경제 패러다임을 바꾸기가 쉽지 않다. 그래서 정치분야도 문제지만 경제가 훨씬 구조적으로 힘들게 되어버렸다. 이런 상황을 알만한 이들은 죄다 알고 있었지만, 들소들만 몰랐던지 밤에서 밤으로 이어지는 사자의 포식에 사자의 덩치는 이미 들소보다도 더 커져 버려 수백 마리로는 어림도 없는 지경에 이르렀다.

박현채라는 분이 있었다. 화순 출신으로 광주서중학교를 다니던 해에 6·25를 맞았고, 백아산 빨치산에 가입한다. 조정래의 소설《태백산맥》에 나오는 조원제의 실제 모델이다. 서울대를 나온 경제학자이다. 빨치산 경력은 평생을 따라다녀서 제대로 된 교육 현장을 곁에서만 기웃거리다가 광주의 인권변호사 출신이던 이돈명 변호사가 조선대 사학 비리 건으로 인하여 박철웅이 잠시 후선으로 물러간 1970년대 말에 총장으로 부임하면서 그를 영입해서 조선대 경제학과 교수로 교단에 서게 만든다.

비슷한 이름의 박준채라는 같은 조선대 법대 교수가 있는데 혈연지간은 아니다. 다만 내가 아는 대로 한다면 박준채 교수는 광주고보(광주서중) 시절이던 1929년 11월 1일 광주-나주 간 통학 열차에서 사촌 누님이 광주중 일본 학생에게 희롱당한 것을 보고 30명의 한국 학생과 50명의 일본 학생이 싸움이 붙어서 광주학생운동을 일으키게 했던 중심인물이다.

다시 박현채 교수. 1970년대 말 그가 썼던《민족경제론》은 그 당시 대학에 다녔던 전국의 학생들에게 모르면 그야말로 '날라리 대학생'이라고 표현될 정도로 이념적으로 이영희 교수의 《전환시대의 논리》와 쌍벽을 이루는 경제학 필독서였다. 그의 저서와 경제이론은 나중에 김대중의 '대중경제론'에도 지대한 영향을 미쳤다는 것은 익히 알려진 대로다. 한국의 '개발독재'로 표현되는 '재벌경제' '후진국경제론'에 맞서는 나라로 '대만의 중소기업 경제'를 박현채 교수는 그의 경제모델로 적용했다는 기억이 난다. 지금도 그런 면에 있어서 대기업 몇 개에 의존하는 한국경제와 비교했을 때 대만의 경제는 그들만의 독특한 문화와 겹쳐서 국제사회에서 훨씬 안정감 있는 상황으로 평가받고 있고, 한국과 비슷한 수출주도형 경제구조이면서도 탄탄한 중소기업에 바탕을 두고 경제 안정화의 기본지표가 되는 고용의 안정화를 도모하고 있어서 외부적 충격에 대체로 잘 적응하고 있다.

박 교수가 지적했던 바가 이미 1990년대 들어서면서 실증적으로 나타나기 시작하였고, 작금의 '경제민주화'의 모태가 되는 이론이라고 보아 과히 다르지 않다고 할 것이다. 국제탐사보도언론인협회(ICIJ)라는 다소 생경한 단체가 최근인 2016년 3월 21일에 '파나마 법률회사 국제페이퍼 컴퍼니'에 대한 자료들을 일부 공개했다. 국제적인 조세도피처에 대한 보도를 인터넷 매체인 '뉴스타파'를 통해서 들어 보신 분들이 계실 것이다. 이 보도는 '이 연재물이 왜 지속되어야 하는가' '사내 유보금이 어디로 빠져나가고 있고, 이것이 나라의 경제와 세계 경제에 어떤 영향을 주고 있는가에 대한 실증적 실마리를 제공해 주고 있다는 차원에서 맥락이 닿아있다고 보는 것이다.

더불어 잘 살기 위한 방법

나는 1등을 해본 적이 거의 없다. 겸손해서가 아니고 실제로 그렇다. 보통 '등수' 하면 학교 공부를 연상하게 되는데 물론 학교에서도 그 시골 학교에서 중학교 때까지 전교 1등 하는 친구가 항상 같은 반에 있었다. 1등을 할 수가 없는 천장이 막혀버린 구조에서 오는 좌절감이 게으름으로까지 전이 되었던 것 같다. 그렇다고 시험 봐서 고등학교에 갔으면 달랐어야 했지만 거기도 1등은 아니었다. 대학 때도 추억 찾아 낭만 찾아 돌아다니는 동안에 1등은 여학생들의 몫이었다.

골프 한 지가 30년이 다 되어 가는데도 4명이 치는 내기에서도 1등을 자주 못 한다. 그렇다고 꼴찌는 거의 없다. 돈 버는 것은 이 글의 주제와도 연결되는데 부자 소리를, 아니 부자라는 생각을 평생 해 보지를 못했다. 그렇다고 찢어지게 살지도 않는 듯하다. 열거하면 한도 끝도 없다. 10명이 있다면 3등도 과분하다. 그 정도가 내 위치, 내 자리인 듯하다. 운명이라고 생각한다. 3등이 주는 인생의 다양한 경험은 또 다른 의미와 재미가 많다.

사내 유보금과 개인 자산이 갖는 경제학적 의미는 확연한 차이가 있지만 사회학적인 관점에서 서술해 나가는 이 연재에서는 유사한 점도 많다. 누구든지 관리자로 있는 동안에 눈앞의 현실은 조직 전체의 총량을 높일 것인가, 그래서 전체적으로 하향 평준화가 되더라도, 아니면 잘하는 소수가 더 잘해서 전체를 견인해 나가는 것이 옳을 것인가 하는 문제에 매일 매달리게 된다. 경험치로 본다면 후자가 훨씬 효율적이다. 쉽고 편안하다. 상위 20%만 잘 관리하면 속 편하다. 그 쉬운 길을 마다하고 내가 속한 단체나 사업에서 나의 눈은 항상 맨 꼴찌에 꽂혀 있어야 했다. 운명이었던 같다.

자식이라면 그것이 맞다. 아니 어떤 경우에는 자식 가지고도 머릿속에 서열과 줄 세우기를 하는 경우가 있다고는 하지만 적어도 나의 경우에는 그렇다. 조금 더 양보하고 더불어 잘 살아야 하는 것은 나의 철학이다. 리더십 과정에서는 오너들에게 주문한다. '2등을 밟아라.' 잔인하게 들릴지 모르지만 실제로 이보다 빠르고 정확한 진단은 없다. 1등을 향해 맹진하게 만들라고 조종한다. 2등이 3등 이하를 내려다보면서 현실에 안주하고 3등 이하를 짓누르는데 쾌락을 느끼는 조직이나 사회나 국가는 퇴보하기 시작한다. 조직관리자는 그래서 정확히 2등의 행동을 어떻게 규정하고 교육하고 활용할 것인가에 따라서 성패가 난다.

중산층이라고 하는 우리 사회 상류층의 사고와 생각은 그래서 아주 중요하다. 2등이 죽어라 하고 1등을 쫓아가게 하는 게 필요하다. 3등 이하는 저절로 각자의 포지션에서 최선을 다하게끔 되어 있다. 1등조차도 긴장하는 것은 당연하다. 물론 당연히 이에 대한 이론은 있을 수 있다. 학술적으로 규명하는 이야기가 아니니까 그냥 지나가려고 한다.

그럼 1등은 어찌해야 하는가. 1등은 두주무로(頭走無路)다 앞에 길이 없다. 그가 달리는 곳이 곧 길이다. 왔던 길이나 뒤따라오는 2등을 밟으려 하기 시작하면 그가 속한 전체의 미래가 노랗다. 한국 사회가 산업화과정이 가져다준 부득이한 측면도 이해하려 하지만 박정희 시절에 심화되었다. 그 시발이다. 이어령 교수는 《축소지향의 일본인》이라는 책에서 그 부분을 적나라하게 설파하고 있다.

언젠가 루스 베네딕트(Ruth Benedict) 여사의 인류학 명저 《국화와 칼》에서는 태평양 전쟁에서 보여주는 일본 군인들의 일반 상식으로는 도무지 해석되지 않는 일본문화를 심도 있게 다루었다. 그것도 굳이 이해하려 하면 못할 이유도 없겠지만 확실히 일본인들은 외부 세계에 대한 경계심이 남다르다. 내부적으로 파고드는 그들의 생활과 경제, 문화에 대한 예리한 관찰이 돋보이는 이어령 교수님의 지적이 꼭 일본의 일들이 아니고, 우리 주변에도 매우 흔한 현상임에 놀랍다.

사촌이 논을 사면 배가 아프다. 가까운 사람 잘되는 꼴을 못 본다. 서양인들은 아이를 안을 경우가 많지는 않다. 그렇더라도 아이를 밖을 보도록 안는다. 우리는 끌어안고 자기를 보도록 어려서부터 길러왔다. 농경사회 같으면 그럴 수 있다. 눈뜨면 보이는 게 형제이고 이웃이고, 고개 넘어 사람들은 보이지 않는다. 그저 눈앞에 어른거리는 사람부터 제압하려는 것은 당연할지도 모르겠다. 우리는 언제까지 눈앞에 건너다 보이는 보다 큰 평수의 아파트나 옆집 자동차와 평생 비교하면서 살 것인가.

두서가 없어 보이는데 이런 비생산적인 의식구조는 지정학적인 원인을 그 첫째로 꼽는 이들이 매우 많다. 지정학적이라는 원인의 배경이 되는 역사적 경험은 삼국시대로 거슬러 올라간다. 통일을 했다고 배운 통일신라의 통일과정은 타국을 끌어들여 동족을 멸망시키는 과정의 연속이었다. 민족적 총량과 영토를 형편없이 줄여버리고 만다. 그게 잘한 일이라고 가르치고 배웠다. 이런 일들이 그 후 천년이 한참 지나고서도 우리 주변에 널리고 널려있다.

사내 유보금과 탐욕의 끝

고통은 신앙을 잉태했다고 알려져 있다. 행복의 기준이 따로 있는 게 있을 수 없듯이 개인들의 경제적 불안감이 커질수록 사회의 공기는 어지러워지고 미래는 잿빛이 되어간다. 고통의 반대는 고통이 없는 것이다. 인간은 각자의 고통을 스스로 만드는 부분도 많다. 행복의 범위가 무진장하듯이 고통의 범위나 느낌도 또한 특정할 수는 없다. 그 고통 중에서 경제적 고통이 가장 공통적이고 광범위하다는데 동의하지 않을 수가 없다.

태연 하려 해도 위선으로 보이기도 하고, 자신 스스로 가책에서 벗어나기가 쉽지도 않다. 오늘날 미국인(3억 3,000만 명, 2020년 말 현재)들 중에서 60%에 해당하는 2억 명이 비상금 1,000달러 미만이라는 통계를 자주 접한다. 하이웨이에서 옆차선의 가라앉을 듯한 중고 포드 머스탱을 타고 가는 차를 본다. 흑인 젊은이는 차 문이 닫혔는데도 차도가 흔들릴 정도로 볼륨업을 하고 뭐가 그렇게도 좋은지 핸들과 함께 춤을 추면서 오늘 하루를 즐긴다. 좋아서 그러는지 현실 불만을 그렇게 하는지는 표정으로는 구분할 수가 없다.

이들이 전혀 모르는, 평생 가보지도 않는 워싱턴 지역의 소문난 부자 동네 포토맥이나 그레이트 폴스 안으로 깊숙이 들어가면 영화에서나 본 듯한 대저택들이 끝도 없이 이어진다. 대지가 최소 1,000평, 건물이 300평이 넘는 게 수두룩하다. 철문 너머로 보이는 사이사이로 테니스 코트, 헬기장들이 보이기도 한다. 이민 초기에 특수한 배달직업을 하다 보니 그 저택들 가장 깊숙한 안방까지도 들어가 보기도 했다. 너도 사람 나도 사람, 너도 먹고 나도 먹고, 너도 자고 나도 잔다. 그렇게 생각하니 오히려 그 넓고도 큰 집이 괴기스러웠다. 사실은 그 집주인은 보이지도 않는다. 집사만 보고 왔을 뿐이다. 그 집은 차라리 집사의 집이라고 해도 무방하다.

미국만 그러는 것이 아니다. 전 세계적인 상황이 그렇다. 사내 유보금에는 한도가 없듯이 개인의 자산 불리기도 그 욕망의 한계가 없다. 욕망이라기보다는 차라리 불안해서 그렇고, 그 불안의 끝이 가늠하기가 힘들다. 자동차 사고로 죽을 확률이 1/30,000이라고 한다. 참고로 아마추어 골퍼가 홀인원 확률이 1/12,000이다. 앞서 언급했듯이 삼성의 이재용이 삼성가에서 태어날 확률은 1/800,000. 그러나 그도 교통사고로 죽을 확률에서는 특별히 예외일 수가 없다. 오히려 고통과 불안의 측면에서는 애석하게도 일반인들보다 상상 이상으로 더 클 수도 있다.

'더불어 살자'는 이야기가 저 멀리 골짜기 너머의 일로만 보일런지 모르겠지만 그린란드의 빙하가 녹고 있고, 산불이 유럽 곳곳을 휩쓸고, 폭염은 해가 갈수록 심해지는 걸 개인들이 어떻게 감당하며 언제 누구부터 이런 미래 재앙을 통제할 것인가. 눈에 보이지도 않는 코로나 바이러스 하나 가지고도 그 관리와 통제, 극복이 난망한 걸 보면서 그것들과는 비교조차 할 수 없는 차원이 다른 경제 객체들의 욕구와 개개인들의 삶의 기준과 욕망, 동기와 희망들을 발 동동 구르면서 안타깝게 쳐다보는 것마저 머리가 아프다. 이 연재를 그쳐야 하는 이유이다.

자본주의 경제이념의 한계점들을 개개인들이 혹독하게 느끼지만 그를 제도적으로 바꿔보려는 이론적 연구와 시도들이 일부 북유럽 국가들에서 시현되고 있다는 것은 가느다란 희망의 빛으로 볼 수가 있다. 또한 국내에서는 어떤 평가를 내리든지 간에 한국의 정치발전과 국민의 선진의식은 이번 코비드 상황에서 인류의 희망으로 비치기에 충분하다.

한국이 세계만방에 민주주의를 수출하고, 국민적 총화로 코비드를 극복해 가는 과정을 미국을 포함한 타국에서는 흉내조차 낼 수가 없다. 인류가 부패와 욕망에 피폐하더라도 어쩌면 한국은 마지막까지 희망을 놓지 않을 최후의 보루가 될 것으로 희망한다. 아니 그리해야 한다. 그것은 경제, 정치, 사회 제반의 0.01%의 지도층의 각성과 민족의 통일은 이를 더디게도 할 수 있고, 자극으로도 작용할 수 있다고 본다. 단, 국민이 깨어있어야 한다.

누구나 공감할 만한 소중한 추억

윤영일 / 화산중 20회, 제20대 해남·완도·진도 국회의원

치열하게 인생을 살아온 삶의 일기장이요 뛰어난 스토리텔링 작가가 우리 곁에 왔다. 그는 열정적으로 삶을 살아왔기 때문에 글의 소재도 참 많은 사람이지만, 특히 맛있게 씹어먹도록 글도 잘 쓰는 사람이다. 현재 미국 워싱턴에 살고 있는 그와의 인연이 벌써 60년을 넘겼다. 나는 미국 뉴욕의 UN에서 근무도 했고 뉴욕주에서 대학원도 다녔지만, 그 국외 체류 기간을 제외하면 한국 토박이다.

사실 작가는 IMF로 한국이 급박했던 시기에 용케도 광주에서 서울 본사 부장으로 승진 발령을 받았었다. 그런 그가 올라온 지 채 2년도 안 되어 직장을 그만둬야 하는 안타까운 사정을 접하게 되었다. 내가 할 수 있는 길이 뭘까를 생각도 해보고 말려도 보았지만, 본인은 미국 이민의 뜻을 굽히지 않았다. 나이 50이 다 돼 만리타국으로 이민을 떠난다는 그에게 "많은 고민 끝에 결정했을 텐데, 뭔가를 이루기 위한 자기 확신을 믿고 큰 성취 이루게. 용기 잃지 말게"라고 말했지만, 친구를 보내는 내 마음은 허전하기 그지없었다. 그리고 잘 되기만을 기도하는 것

이 답이라고 생각했다.

그런 그가 몇 년의 세월을 잘 견뎌내어 자기 사업을 일궈내고 한국에 올 때마다 장하게 느껴졌다. 그동안 그는 주로 인문학에 기반한 신문 칼럼 등을 모아 몇 권의 책을 출판하였다. 5~6년 전부터는 동창 카톡방에 그간 쌓였던 학창과 고향에 대한 글들을 하루걸러 쏟아 놓았다. 모두가 감탄했다. 잠잠했던 카톡방이 후끈후끈 달아올랐다. 60년도 훨씬 지난 이런 이야기들을 이번에는 또 오래된 흑백 필름을 보듯이 생동감 있고 맛깔나게 책으로 담아냈다. 부드러운 커피 같기도 한, 한편으로는 아욱 넣고 끓인 된장국 같기도 한, 그런 글들이다. 이국땅에서 보내온 아름답고도 구수한 천일야화와도 같은 책이다. 참 멋지고 참 자랑스럽기만 하다.

중학생 시절, 남의 일기장에 얽힌 에피소드며 앨범 없는 졸업생의 애절함도 담았고, 내가 잊을 수 없는 '마포종점'과 '영등포의 밤'도 담아내고 있다. 고등학교와 대학생 시절을 마포종점 부근에서 살았던 나에게는 한밤중에 영등포 여의도 비행장에서 자전거를 타고 놀았던 추억들이 있다. '꽃동산 꽃밭 위에 웅장한 학궁'의 오랜 추억은 또 어찌 잊겠는가? 수많은 기억을 아름다운 추억의 행복으로 엮어 준 작가에게 우선 감사드리지 않을 수 없다.

특히 '고향 따라 노래 따라', '우정의 거북이' 편은 시간과 공간의 벽을 넘어 동시대를 살아가는 누구에게도 공감으로 다가설 것임을 믿어 의심치 않는다. 귀한 추억들이 많은 독자에게 분명 행복을 듬뿍 안겨줄 것이다. 그리고 분명 '소중하면서도 확실한 행복'(소확행)을 속삭여 줄 것이다. 우리의 행복은 이미 각자의 인생 속에 있다고⋯.

기억 저편의 감동을 일깨운 서사

강동구 / 화산중 29회, 성형외과 의사

저자는 저와 열 살 차이의 친형으로 거의 한 세대의 시간 차이로 같은 공간에서 유년 시절을 보냈다.

분교로 분리되는 바람에 초등학교를 다른 곳으로 각각 다녔기 때문에, 조그만 시골 면이지만, 본문에 등장하는 장소 등이 다소 생소한 곳도 눈에 띈다. 하지만 동시대에 같이 보냈던 고향 분들은 유년 시절의 향수를 이끄는데 전혀 부족함이 없이 사실적이고 실감 나는 전개로 당시의 일기를 보는 듯하다.

1년이면 겨우 두 번 정도 해남 화산 고향에 다녀올 때마다 조금씩 시골 고향도 변해서 그 옛날 기억들마저 잊히고 기억의 저편으로 사라져 가버리고 없는데, 이 책을 통해 다시 되살아 나는 느낌이다. 순전히 그때 거기에 서 있는 느낌을 떠올리게 해주는 것을 보면서 완전히 책 속에 빠져버렸다.

형이 한국 생활을 접고 미국으로 떠나겠다는 걸 밝혔을 때 가족들은 큰 충격을 받았다. 형제들이 각자 자기 생활에 충실했기 때문에 어떤 일이 일어나고 있는지를 몰랐었다. IMF로 국가적인 어려움이 있었지만, 형은 회사의 본사 부장으로 서울에 올라왔다. 그때만 해도 곧 임원을 달고 승승장구하는 줄로만 알았다. 대리급 간부 이상 직원들 20여 명에게 가족을 대신해서 축하 회식 자리를 마련해 준 것이 형을 위한 저의 마지막 응원이될 줄은 전혀 몰랐다.

형은 집안의 장남으로 집안의 대소사를 군더더기 없이 잘 처리하여 우리 형제들은 집안의 대소사에는 거의 신경을 놓았는데, 홀연히 떠나고 나니 황망했었다. 물설고 낯선 곳에서 어린 조카들과 어떻게 헤쳐 나가는지 걱정도 되었다. 10년이 가고 또 10년이 흘렀다.

이민 초기에 말할 수 없는 어려움이 있었지만, 우리들은 모르고 있었는데 이민 10년 차에 《아픈 다리 서로 기대며》 제하의 자서전을 통해서야 알게 되었다. 워싱턴에서 줄곧 신문에 칼럼을 기고했던 걸 가족 카톡방에 올려서, 한인사회 활동을 활발히하는 걸 알게 되었다. 형도 이제 70이다. 얼마 전에 건강에 이상이 있어 걱정을 많이 했는데 바쁜 중에 동창분들과 교류가 있었는지 글로써 향수를 달래려고 하신다니 동생으로서 기쁜 마음이다.

당시의 어쩌면 소소한 에피소드 같은 기억을 수십 년이 지나서도 기억하고 실감 나게 서술한 부분을 보면 저자의 남다른 기억력에 찬사를 보내게 된다. 수구초심이라고 나이 들면 누구나 태어난 고향이 그립기 마련이다.

　이 책을 통해서 동시대에 같이 경험했던 유년의 추억 되돌아보며 물질적으로 부족했지만, 정이 있고 서로 보살피며 행복했던 소중한 기억을 잊지 않게 해준 형님 작가께 다시 한번 감사의 인사를 드리며 건강하게 좋은 글 많이 쓰시길 부탁한다.

선은 산과 사이
관두봉

초판 1쇄 발행 2026년 1월 30일

지은이 강창구
펴낸이 이낙진
편집·디자인 홍성주 이지은

펴낸곳 도서출판 소락원
주소 경기도 양평군 강상면 강남로 714-24
전화 010-2142-8776
이메일 sorakwon365@naver.com
홈페이지 www.sorakwon365.com

ISBN 979-11-990488-6-7 03810